大活字本シリーズ

忘れられる過去

荒川洋治

《下》

埼玉福祉会

忘れられる過去

下

装幀　巖谷純介

忘れられる過去／下巻●目次

Ⅱ（承前）

Ⅲ

Ⅱ（承前）

詩集の時間

「新潮」編集部から紫陽社のことを書くように求められた。紫陽社（しようしゃ、と読む）は、詩集の出版をするためにつけた名前だ。たとえば「たらのめ」という俳句雑誌があるとしたら、そこから句集を出すときなど「たらのめ社」「たらのめ発行所」などとするのと同じである。

大学卒業二年後の一九七四年二月に、ある作家の作品集を出したのがはじまりで、同年六月以降はもっぱら詩集を出してきた。会社勤めをしながら、また、三〇歳でフリーになってからは原稿を書くかたわら、自宅で、時間を見つけて、ひとりでやってきた。二〇〇二年二月で二八年になる。

刊行点数は、二六〇点をこえるが、新人の第一詩集（平均二五〇部）が多いので、重版分をふくめても発行部数の合計はおそらく七万部に達しない（文庫本二、三点の量にすぎない）。一般性のないことをしるすのは気がひけるが、ひところまではぼくだけではなく、個人で現代詩の詩集を出版する人がいっぱいいた。そういうことも書けるのなら楽しいと思って、これを書くことにした。

高校生のとき、詩を書く友人たちの詩集を次々に企画して、つくった。タイプ印刷の、うすいものだが、六点ほど出した。発行所名は

「とらむぺっと・パルナッス」。自分も詩を書いたが、他の人の詩をまとめて詩集をつくるほうが向いていたようだ。そのほうがひろい世界のなかにいる気持ちになれるのだった。

同じころ、電車で一時間の福井市に住む、則武三雄を訪ねて、詩の話をきいた。則武さんは朝鮮半島から帰った六年後の一九五一年に、福井市の自宅で北荘文庫という出版社（これも個人的なもの）をはじめ、地元の若い詩人の詩集や、地域の文化にまつわる本の発行をはじめたのだ。

則武さんの部屋には、いつもつくりかけの本が並んでいた。印刷所から届いた表紙と、まだ表紙のない、なかみだけの本が積んである。この部屋で、ひまをみて一冊ずつこしらえるのだという。つまり詩人は「製本」もしていたのだ。また則武さんは越前和紙（ときにはそのきれはし）と、印刷所のあまり紙（高価とはいえない銘柄のもの）を組み合わせたりもした。その配置と配色はみごとだった。それでいてさっぱりしている。すてきだなと思った。

大学に入ってから、ぼくは活版の本をつくりはじめた。一九七一年一〇月、早稲田の法学部を六年半かけて卒業したばかりの大学の先輩、住枝清高が檸檬屋《れもんや》（西早稲田）という喫茶店をひらいた。ぼくも先輩のためになにかしなくてはと思い、自分の最初の詩集（二八頁・タイプオフ印刷・一七〇部）を大急ぎでこしらえ、開店のあいさつ代わりに客（学生ばかりだが）に配った。

その店の、道をへだてた向かいにある文献堂書店（古書店）には吉本隆明の「試行」、村上一郎らの「無名鬼」、田川建三の「指」といった思想雑誌や、天沢退二郎らの「凶区」、北川透らの「あんかるわ」、清水昶《あきら》らの「白鯨」などの詩誌の最新号が置かれ、当時の学生たちがよく買っていた。ぼくは村上一郎の『草莽論』(大和書房・一九七二)を見つけ、印刷の活字がきれいだと感じた。奥付に、印刷は信毎書籍印刷とある。『草莽論』をもって東五軒町(現在は文京区水道)にあった信毎書籍印刷をたずね、そこにいた方(現在の内堀社長)に、こんなふうな本をつくりたいのですとお願いした。こうして郷原宏の詩論集『反コロンブスの卵』(檸檬屋・一九七三)と、同じ著者の詩集『カナンまで』(同・一九七四)をつくらせてもらった。

そのあと紫陽社をはじめたのだ。紫陽社の詩集の、第一冊目は清水哲男『水甕座の水』（一九七四）である。檸檬屋も紫陽社も、最初に刊行した詩集がH氏賞を受賞した。さいさきのいいスタートだった。

だが「詩は、思潮社」の時代だった。思潮社（代表小田久郎）は、いまもそうだが、その出版活動は当時から圧倒的なものだった。現代詩の歴史もつくるが現在も未来もつくる。それが王者、思潮社である。一九六八年一月にはその思潮社から「現代詩文庫」が発刊された。現代詩の読者にとって書き手にとって画期的なことだった。一九七二年三月には日本最初の詩書の専門店「ぱるこ・ぱろうる」が池袋パルコにオープン。つづいて「ぽえむ・ぱろうる」（池袋西武）「ぽると・ぱろうる」（渋谷西武）も開店。三店とも、若い読者であふれていた。いずれも思潮社の店である。

思潮社の他にも、青土社、昭森社、詩学社や、筑摩書房、集英社、晶文社、彌生書房、国文社、深夜叢書社、八坂書房、山梨シルクセンター出版部、花神社といった出版社が現代詩の詩集を熱心に出していた。また個人出版的色彩の強い出版社もいっぱいあらわれていた。永井出版企画（清水昶『少年』、『天野忠詩集』他）、構造社（佐々木幹郎『死者の鞭』他）、仮面社（知念栄喜『みやらび』他）、審美社（『鈴木漠詩集』他）、母岩社（『会田綱雄詩集』他）、書肆山田（谷川俊太郎『タラマイカ偽書残闕』、熊倉正雄『本願寺』他）、創言社（『丸山豊全詩集』他）、アディン書房（清水哲男『雨の日の鳥』他）、れんが書房新社（『堀川正美詩集』他）、駒込書房（松井啓子『くだものののにおいのする日』他）、詩の世界社（鈴木志郎康『家族の日溜り』

他）など。他にもある。あげればきりがない。

「ぱろうる」店内には、それらの詩集がいろどりも鮮やかに並んでいた。いずれも詩の好きな、詩をだいじに思う人がいて、詩集を出版することになったのだろう。詩人の数よりも出版社の数のほうが多いのではと思われるほどの活況だった。小説ではなく、詩のことばにつながりたい、そのことを出版人の誇りにしたいという人が少なくなかったということだ。なかには自分が好きな詩人の、ある一冊の詩集だけを出すために詩集の出版をはじめる青年もいた。彼がどういう人なのか、奥付の名前以外にはわからない。でも誰の詩集が出たのかということとは別に、どこから出たのか、誰が出版したのかが若い読者や書き手には興味しんしんで、そんな空気のなかで、ぼくも「どういう人かわからない」一人となって、出版をはじめたのだった。

でも紫陽社は従来の個人出版とはいささか性格がちがった。ぼくは詩を書くが、詩を書く人間が、出版をはじめるのである。出版そのものを楽しむだけではなく、出す詩集（新しい世代の人たちの詩集）によって、これまでの詩の世界にあらわれていないもの、これからあらわれるものを表現していこうという心積もりだった。

紫陽社のあと、平出隆が書紀書林をはじめ、稲川方人、阿部恭久、山口哲夫ら気鋭の詩集をきれいな装いで出し、稲川方人も桔梗屋をはじめた。二人とも信毎書籍印刷で制作したので、彼らとは印刷所で顔を合わせることもあった。また、ねじめ正一は櫓人出版会をはじめ、自他の詩集数点を出した。それも同じ印刷所だった。他に詩を書く人が出版をする当時の例としてはアトリエ出版企画（永島卓）、騒騒発行所（金石稔）などがあったが、ぼくは同じ主張で結ばれた同人や、仲間の詩集を出すのではなく、詩の世界を新しくするために出版をはじめたのだ。

これら「詩人系」出版社の多くは一九八五年ごろには終息したが、紫陽社以外では仲山清のワニ・プロダクション（下村康臣『室蘭』他）がいまも活動をつづける。

一九七〇年前後に詩を書きはじめた人たちは、「紙」が好きだった。「紙」に書かれたもので生きていた。学生運動でビラをつくったり、ミニコミの雑誌をこしらえたりした。だから印刷についての知識があるのだが、ちょろっとつくる貧相なものではなく、誰が見てもきれいな本だね、読んでみようかと思わせる、一段アップした造本によって、自分の詩集を出したい気持ちがあった。身近に、詩集を制作する人がいれば、その人につくってもらおう、そのほうが詩集を出す実感があるということだったのだろう。紫陽社は、そういう人たちのための窓口のひとつとして、詩を書く人たちの一部に知られるようになり、出版点数がふえていった。目録『紫陽社の詩集』（一九九四）をみてみると、ピーク時の一九八六年には二一点を出している。ほとんどがはじめて詩集を出す若い人のもので、「処女詩集」がぼくのもとから次々に飛び立っていった。

出版をはじめて五年たった一九七九年七月、井坂洋子の処女詩集『朝礼』を出した。これは『80年代詩叢書』（全四巻・紫陽社）の第一回配本である。

その年の春ぼくはある雑誌の投稿欄で、井坂洋子という人の詩を読み衝撃をおぼえた。これまでにない新しい「詩」があると感じた。編集部から井坂さんの住所と電話番号を聞いたぼくは、突然電話を入れ、あなたの詩集を出したい、また、それを第一巻として若い詩人たちのシリーズを出したい、それですぐにでもお会いしたいと彼女に伝えた。ぼくは異様なほど、この出版を急いだ。企画を他の人がぬすむのではないかと思ったのだ（まさかとは思うが心配で前夜は眠れなかった）。二カ月で詩集ができた。井坂さんとぼくは、神田の製本所・美成社の前の路上で、詩集の見本のできあがるのを待った。そのうちに疲れて、ぼくはそこらへんにしゃがんだ。

翌月には伊藤比呂美の『姫』が出た。伊藤比呂美の「新しさ」もまだ十分には知られていなかった。そのあと大西隆志、山本育夫の詩集が出て、叢書は一〇月には完結した。

『朝礼』のカバーは鮮やかな空色をバックに、でかいピンクの題字の毛抜き合わせ。『姫』は同様に、朱色と、鮮やかな緑。これはぼくの装幀だが、まことに、はで。当時勤めていた会社の給料をはたき、「現代詩手帖」(思潮社)には毎月のように、広告を出した。二人の二〇代女性の顔写真を入れ「男子、騒然!」などとコピーをつけた。広告は読者の不興を買ったものの、注目を浴び、これが「女性詩ブーム」につながった。思潮社は、その三年後、一九八二年に『叢書・女性詩の現在』をはじめ、伊藤比呂美、井坂洋子らの新詩集を出した。

そのあともしばらく思潮社は紫陽社の新人たちの詩集を出す時期があった。

「女性詩の時代」は、現代詩全体の流れを大きく変えた。さきごろ出た『現代詩年鑑２００２』の対話で福間健二らが、紫陽社にふれ、「荒川さんがいなければ、女性詩というものはもしかしたらありえなかったかもしれない」（吉田文憲）などと述べているが、もしそうならば一九七九年からの二、三年は紫陽社の時代ならぬ、「時間」だったのかもしれない。

新人の第一詩集にこだわるのは「新しい」資質をもった人たちの最初の詩の姿をこの目におさめたいためである。詩人のいのちは短い。だからできるだけ早くその人の可能性や魅力を読者に知らせれば、それによって早い時期から彼らは活動をはじめることができる。また最初の詩集がどういうものか、どれだけ注意ぶかくつくられているかは詩人にとって大きいことだ。さらに、若い人の詩はつねに次の時代の詩を予感させるので、それを誰よりも早く身近に知る位置にいることはぼくが詩を書くうえでもとてもだいじなことだ。詩集の出版は、ぼくの詩の「現場」だった。

二六〇点のうちの約一割が企画本（こちらが経費を出し、印税を払う）、三割が著者に実費のみを請求するもの、残り六割は、未知の人からの「詩集をつくって下さい」という電話に応えるもので、完全な自費出版である。判型は四六判にほぼ統一。印刷は活版。装幀ははじめの六年間はぼくがしたが、一九八〇年から芦澤泰偉にしてもらった。

芦澤さんは一〇〇点近くを装幀し、紫陽社の詩集のイメージを固めてくれた。

詩集は二カ月ほどでつくるようにした。校正刷りが出たという印刷所からの連絡があると、どんな状況でも、深夜でもその日のうちに電車、バスをのりついで校正刷りを取りに行き、すでに用意した封筒で速達で著者に送るようにつとめた。他の工程も、こんなふうだから速い。詩はなまものなのでスピードがもっともたいせつ。といって仕事が雑なわけではない。厄介でも最後の一字が直るまでこの目で確かめるので明らかな誤植は二八年の間に、三字ほど。編集や構成を著者から一任されたとき、いちばん神経をつかうのは作品の順番だ。詩集全部を読む人などいない。通常は第二編目に、その人の資質がよくあらわれているもの、しかも短くて、読みとりやすいものをもってくるなどした。詩集はあくまで著者のものであり、著者の希望にそうようにつくるが、すべてを任されたときはこちらは緊張もするがリラックスもする。そのほうがいいものが生まれることもある。

定価は、実費の範囲で設定した。一二〇〇円、一五〇〇円、一八〇〇円という読者が求めやすい価格にした。企画本の場合も同じである。本は絶版になっても、帯・カバーは、予備を保管。昔のものも褪色しないように包装して残している。それがなんだといわれるかもしれないし、ぼくもそう思うが、ともかく残している。また、あまり凝った本をつくらないようにこころがけた。凝った本をつくる技術をぼくがもたないためだが、詩集はどこかぼうっとした感じのあるもののほうがあとあとまで楽しい。

詩集を置いてくれる書店はいくつもないので、流通は最大のテーマである。地方・小出版流通センターに加入するまでは、書店回りをした。「ぱろうる」三店の他、東京では三茶書房、田村書店、白樺書院、文献堂書店などを、大きな手提げの紙袋をさげて回った。詩人の荒川さんは知らないが「手提げの紙袋の荒川さん」は書店の人にも少しずつ知られていった。置いた書店には四、五日あとに売れ行きを見にいくのだが、売れているとうれしかった。また、いくらで（どんな掛率で）書店に卸すかもだいじ。店に入るまでは、定価一五〇〇円だから七二のカケで一〇八〇円にしようと強気なのに、いざ交渉がはじまると、七〇（一〇五〇円）あたりへ、自分で下げてしまい（一冊たった三〇円のちがいだが）、下を向いて帰っていくのだった。

地方では金栄堂（小倉）三月書房（京都）青泉社（大阪）などへ委託した。特にニッシン上前津店（名古屋）とリーブルなにわ（札幌）の売れ行きはおそるべきもので、三〇冊も送ったのに、二、三日もすると追加注文の電話が入るなどしておどろくこともあった。この間はじめて北海道に行ったおり、札幌の街を歩いていて、ふと、リーブルなにわを見つけた。いつも電話をくれた桧佐（晴一）さんは会社をやめたとのことで会えなかった。

節目のときにも、つくった。五周年記念には則武三雄『葱』（一九七八・予約出版）、一〇年のときは清水哲男、郷原宏の新詩集（一九八四）、二〇年は許萬夏《ホ・マナ》の詩論集（一九九四・以降韓国の詩集や中国奥地の作家の短編集も出した）を、二五年は蜂飼耳の詩集を出した。一五年のときも何か記念に出せばよかったのに、ぼんやりしていて忘れてしまった。記念のときぼくは部屋のなかでコーヒーをのみ、お菓子を食べて、ひとりで自分をお祝いする。この他、『定本　廣津柳浪作品集』（冬夏書房）と『田畑修一郎全集』（同）を個人で出した広島の出版人、梶野博文の『対馬の旅』、矢部登『結城信一抄』などのエッセイ集や、川田絢音の詩集『悲鳴』、中村和恵の第一詩集『トカゲのラザロ』などは、いまもときおり読者から問い合わせをもらう。二六〇点は、意外に大きな数であると思う。

企画本のときは、書店に向けて配るチラシを六〇〇枚ほどつくる。自分で版下を書く。その作業がいちばん楽しい。今度はまたもっといいものつくるからねなどと、チラシに呼びかける。そういえばぼくは、詩でも小説でもいいものを読むと、そしてそれがあまり知られていないものだったりすると「この人の詩集や本を出すには、どうしたらいいだろう」ということをまず考える。そんなことばかり考えるので、自分の詩や文章がおろそかになってしまった。でも表現は全体でするものであり、誰かがいいものを書く、ということがたいせつであり、わざわざ自分が書くことはないのだ。自分が書く時期はおそらく、自分が思う以上に先の話なのである。文章や詩を書く人のなかには、その書くことだけしか見えない人もいるが、ちょっと書くことの周囲をみてみると、いろんなものがある。見えたところから先にはずいぶんひろい世界がひろがっており、本をつくることもそのひとつだし、本をつくらないまでも、興味ぶかいこと、ゆたかなこと、楽しいものが書くことのまわりには想像する以上にある。

紫陽社の刊行点数が近年減ったのはぼくがあれこれで時間をとられるせいだがそれだけではない。詩はことばとことばのまわりを生きていくので、書くことのまわりにあるものにも敏感なはずの詩を書く人たちが、活字や装幀に、つまり詩集の「物」としての側面に知識をもたないので、目立たないところに工夫をしてもわかってもらえず、はりあいがなくなったためもある。

この間とてもよく本を読む若い人に「書き文字」の話をしたら、知らないという。岩波書店などはひところまで「書き文字」をつかった、活字とそっくりのように見えるが、細かい比率とバランスで活字とは少しだけちがう文字を書く職人がいた、たとえばと五島治雄の文字などの話をしていくうちに、その人の目も輝いてきた。本を書く人は多いが、本を見る人が少ない。だからほんの少し知っている人が、少し知っていることを人に話すことはこれからは必要なのだとぼくは思った。

詩は書き手も利益にならないし、出版社もあまり利益にならないし、また詩集を預る書店も利益にならないし、読者も価格で負担がかかるという、どこをみても同じ空気が漂う、不思議な「社会」である。つまり詩集の出版は、出版とはいいながらも、出版ではないようなもので、通常の出版とは別のところにあるものらしい。だが詩というひとつの世界の、物語も歴史もそこでつくられてきた。それは人間として興味ぶかいものだ。

また詩は、詩集の出版というものと、強く深く結びついており、その関係は詩人と詩の関係よりも、ときに深い世界をのぞかせるものである。先日ある詩人と話をした。あの、ほら、あなたの詩集をあのとき出した人は、どんな人だったのですかというと、それはわからないという。一度、会ったように思うけれど、と。いい詩集、出してましたね、そのあと、彼はどうしたのですかときくと、詳しいことは知らないけれど、行方不明になってね、と。そんな人が、当時詩集の出版をしていたのである。行方不明になれる人だからこそ、詩集の出版ができたのかもしれない。

詩集をつくることは、他の文学書をつくるときと、少しちがうところがある。余白が多い。本のなかのことばがとても少ないので、そのことを、つくる人がどうとらえるかということがある。扉や目次、奥付でも、略歴でもなんでも、ちょっとしたことばひとつに、意外なほどの重みがかかる。それを知る感覚がだいじになる。文芸書で経験のある人でも、詩集をつくるとそういうところでしくじることが多い。ことばがない本なので、目に見えない、こまかい壁がいくつかあるのだ。

というと、詩集の出版は特殊なものであると思われるかもしれないが、そこにその人ひとりがいればできるのだ。詩のわかる人であればいいし、詩が見える人であればさらにいいが、そうした目も詩集をつくるうちに自分で見つけていくもの、見つかるものである。だから気持ちひとつがあれば誰にもできることなのだが、すでにあるものが絶対であると思いこみ、それにもたれたり、あるいはすっかり骨を抜かれている若い書き手もふえてきた。自分にできることを次第に小さくしていく時代なのだと思う。でもほんとうは時代よりも、時間なのだ。ちょっとした時間なのだ。

書誌『荒川洋治ブック』(彼方社・一九九四)の「出版」の項の扉に、岡崎武志がかいたマンガがある。冬、机をひとつ出し、手拭いで頬被りをしたぼくが、吹きさらしの小屋でぶるぶる震えながら、こちらに顔を向けて、すわっている。「紫陽社」という表札と、「詩売ります」の札が見える。客は誰もいない。でも、いつなんどきお客さんがやって来るかもしれない。そのときのためにこうしているのだ。

こうして、時間が過ぎたのだ。

場所の歳月

瀬戸内寂聴『場所』（新潮社）の「私」は、瀬戸内寂聴（晴美）その人と思われる。

「私」は徳島に生まれた。子供だったときのこと、学生結婚、夫と子供を捨てての出奔、同時進行の恋、彼らとの別れ、激しい創作の日々、そして出家する五一歳の秋までを、住んでいた場所や、思い出の地所に沿って記す。一四章の題はいずれも地名である。

「南山」は父の、「多々羅川」は母の郷里。「中洲《なかず》港」は子供のときの遊び場。「眉山」「名古屋駅」から恋と放浪の時代がはじまる。「油小路三条」は働き始めた場所。「三鷹下連雀」の下宿では書斎を得た。「塔ノ沢」は二人で出かけた温泉場。「西荻窪」「野方」では男たちとの変則的な生活がつづく。「練馬高松町」は一軒家。「目白関口台町」でひとりの暮らしに戻り、「中野本町通」では土蔵のなかで物を書く。「本郷壱岐坂《いきざか》」は、出家前の最後の時間を過ごした場所である。

まず場所（街）を示し、そこに暮らした折りの状況や心境を披瀝。そのあと、その地を実際に訪れて、感慨をつづる。それがこの連作の枠組だ。

再訪は、何年ぶりか。数字が見える主なものを拾うと、五〇数年（南山）、五〇年余（眉山）、五二年（油小路三条）、五〇年（三鷹下連雀）、四九年（塔ノ沢）、五〇年（西荻窪）、四〇年（野方）、四〇年近く（練馬高松町）、三七年（目白関口台町）、三五年（中野本町通）、二七年（本郷壱岐坂）。時間がたつだけに、土地は姿を変えている。あちらこちらで路地をさまようことになる。「野方」でも記憶がうすらぎ、かつての下宿先は見つからない。

〈陽は真上に上りきり、残暑の熱気が際限なく胸や脇に汗をふき出させてくる。小さなパラソルで形ばかりに陽光をさえぎっていても、熱気は路上からも照り返して下半身をあぶってくるのだった。

どの道を曲っても人っ子ひとり逢わない。家の中から物音一つ洩れて来ない。ふっと、この世ではない街に迷いこんできたような不穏当な気持が胸をよぎる。〉

それでもようやく、さがしあてることができた。その家屋はどうだったか。

〈私は二階屋の前に行き、つくづくそれを見上げた。その家で男と分ちあった無数の劇的な、または限りなく日常的なもろもろのことがらや時間が、熱い棒のように全身を貫いていく。

入口が昔とは反対側についていた。玄関には使い旧した車椅子が置かれている。

真昼間だというのに、なぜかどの窓も雨戸がしっかりと閉ざされていた。〉

そして「まるで四十年前の私の記憶の解凍を、そこだけ頑固に拒んでいるかのように」と、著者はこの章を閉じる。昔と同じように、こちらをうけいれる場所もあれば、拒むところもある。「記憶の痛み」をかかえながら、旅はつづく。

昔出会った人たちもそれぞれにおもしろい。「西荻窪」の老女（きん女）も、その一人。庭には白牡丹が咲いていた。

〈「お花がお好きなんですね」

「ええ、何の花でもいいの、きれいだから」

きん女はずっと庭を見ている小田仁二郎の横顔に目をあてていう。

ふっと私の方を向いて、

「あたしは子供が嫌いでね。それで孫たちの面倒みるのが嫌だからこうして一人でいるんですよ。よかったらあなたたち、来て下さっていいですよ。あたり前の御夫婦はすぐ子供をつくってしまうからね」

と笑いもしないで言った。〉

妻子ある小田仁二郎と「私」はここに住んだのだ（小田は月の半分いた）。五〇年ぶりに訪ねてみると、きん女は亡くなっていたが家は昔のままの場所にあった。家族によると、「母は瀬戸内さんと小田さんのことを死ぬまでほんとによく話しておりました」と。小田のうった写真と、同じ日にとった「私」の写真を、きん女はよく眺めていたという。

〈「こちらに置いていただいた頃が、私の生涯で、一番平和で、幸せだったかもわかりませんね」

私はそう口に出すと、ほんとうにあの頃は幸せだったような想いがつきあげてきて、あやうく涙がこぼれそうになった。〉

「私」の書く文章には、他の人の文章にはないものがある、とぼくが思うのは、こんなところである。

「こちらに置いていただいた頃が、私の生涯で、一番平和で、幸せだったかもわかりませんね」というのは、ひょっとしたら、文章ではないのではないか。もちろんこれは会話であり、純粋な文章というものではないが、世の中には、幸せだと感じると、そこで「幸せだ」と、材料もそろわぬうちに述べてしまう人がいるものだ。そして少しあとになって、「ほんとうにあの頃は幸せだった」と思うのである。自分が口にした通りだと、思うのである。文章を書く人は「こちらに置いていただいた頃が」をのみこんで「ほんとうにあの頃は幸せだった」あたりからを文章にするものだ。「私」はそうしない。最初に口に出してしまう。つまり前のほうと、うしろのほうで文章をもっている。いつもではないが、ときどき、そういう書き方になる。

これはもっぱら書くことで生きてきた人の文章の流儀だと思う。瀬戸内氏はあるところで、私は「アル中」ならぬ「書き中」だと述べるが、ひとつの文章しか入れない、手狭なところでも、文章を二つ書いてしまうほど「書く」ことと情熱的にかかわる。それが「私」の日常なのだ。そのため文章は開放され、透明度が高まり、共感を呼ぶ。読者にとってうれしいことだが、「私」のなかにある、自分ひとりのための文章は、そのとき、文章の外側に出ているしかない。瀬戸内氏はなにごとも思うがままに書く自由奔放な人と思われているが、とてもつらい文章を書いてきた人でもあるのだ。ぼくはこういう人を見つめたい。そこで生まれる文章を味わいたい。

家さがしをしているとき、「私」を見つけて、近所の人たちが声をかける。そんな場面がこの小説には普通に出てくる。いつかここに来られるのではないかと思っていました、みんなで瀬戸内さんがここに住んでらしたことを話していたんですよ、という直截なものから、さりげないものまで。未知の人が声をかけ、ときには道案内をしてくれる。ほほえましい光景だが、ひとつまちがえば小説にとって危険なことでもある。でもぼくはこういう光景があることはたいせつなことだと思うのだ。人は「私」のように激しい破壊的な恋もできないし、出家もできない。その人生の物語を明るく率直に人前で語ることもできない。誰もが「私」のような人にはなれない。なりたくてもなれない。

だから「私」はおそらく多くの人にとって夢のような人物なのである。そういう夢のような人物が近所で何かさがしているとき、「それは、そこですよ」とだけでもその人に教えられることは、自分の影がひろがるようで、よろこびに思えるものなのだ。

だが「私」はどうか。ものを書いていくほどに、その行動が、活動が知られるほどに「私人」から遠ざかる。ここまでの人はいなかった。瀬戸内氏はこれまでの日本の文学のなかにはないところを歩いている作家なのだ。前に人がいない。読者はいっぱいいるけれど別の話だ。なにをもっても、自分をたしかめることはできない。

また「私」がどんな人生を歩いたかはすでに「私」が小説のなかで書いている。ある話題については書き尽くされたともいえる状況だ。

つまり「私」は読者に知られているだけではなく、自分にも知られている。そんな「私」にとって書くことのよろこびはどこに見えてくるのだろう。

小田、涼太と「私」の関係はことばにできないほどに複雑だが、俗臭はない。この世にはないほどの、あたたかい空気が流れている。

「練馬高松町」では三人で鍋を囲むこともあった。

〈……私はまたしても、どうしてこんな和やかさで、このまま三人でつきあいつづけられないのだろうかと思ってくるのだった。遅くなると、思わず二人とも泊っていけばといいそうになったりする。さすがに男たちは最終バスがなくなるといっては立ち上る。バス停まで送ろうとする私に、男たちは揃って止め、仲よさそうに肩を並べて去っ

て行く。どちらかが、途中から一人戻ってくるようなことはなかった。〉

彼らは戻ってこなかったのだ。それは、いまこの『場所』を書く「私」にとっても同じこと。彼らはみんな死んだ。「私」ひとりが生きている。それはどういうことなのだろうと、すべての場所を見下ろしながら風のなかで叫ぶ、最終章「本郷壱岐坂」の光景はたしかに感動的ではあるが、「私」ひとりの文章は、まだどこかをさまよっているような気もする。

それを知るためには、第一章「南山」に戻らなくてはならない。「南山」は、「私」の父の郷里をはじめて訪ねたときの話だ。

外に出ると、目の前に広がった田の彼方にくっきり山が聳えていた。

田んぼの中から背をのばした夫婦づれらしい農家の人が私を見て、首の手拭いを外し、

「これはこれは、ようお出《い》でなさあんせ」

と声をかけてくれた。私はその二人にお辞儀を返してから、二人の背の彼方にある山を指さして訊いた。

「あの山は何という山ですか」

幼い父が朝に夕に仰いだであろう山である。

それに対して、男はそれは「南山《なんざん》」という山であると告げる。そこ

でこの章は閉じられていた。

あとには何もない。そのあと、一三の場所が出てくるが、ぼくはこの「南山」を読みおえたとき、この作品はいい作品になる。そう思った。

亡き父が、ちいさいときに見つめていた山。それが父の目にどううつったのか。それについて作者は想像できない。また想像しない。ただ山の名を知る、というところで終わるのだ。現実的な文章であるとぼくは思った。だが場所というものは本来そのようなものだ。人生の舞台とはなっても人生そのものを支えてはくれない。冷たいものだ。それに生きていた父だとて、山についてはこちらが思うほど記憶はないかもしれない。あっても、忘れているかもしれない。ましてその子供は知るよしもない。子供はその山の名前を知るだけ、知っておくだけなのだ。そしていつしか、父のいる場所へと向かうのである。

実りのない文章だ。まったく実りのない文章を書くものだ。そして実りのない文章は、その人ただひとりのなかにある文章なのだ。ぼくはそうも思ったのだ。

そしてこの部分が、この小説のなかの、いちばん純粋な場所であり、読む人にとってもいちばん「幸せな」場所であるような気がしたのだ。瀬戸内氏のこの「心の旅」は、どの章も人間を、人間のできごとを心を尽くして描いており、暗い場所も、花が咲いているように明るい。ぼくは「私」のつらさや、さみしさなど忘れてよみふけった。でも父の見た山は、筆を尽くしてもニつの文章をもってしても、手のとどかないところにある。それでも「南山」という名前を知る「私」の文章からは、作者その人だけの、静かなよろこびが伝わってくるのだ。実りのないところ。そこにことばがあった。『場所』はそこからはじまった。

長い読書

人は、どんなふうに、本を読んでいるのだろうか。

高見順の『高見順日記』の第三巻「末期の記録」は、終戦直前の、昭和二〇年の一月から四月までの日録だ。彼はこの年の一月に三八歳を迎えた。

東京は空襲にあい、高見順が住む鎌倉も日々緊迫。いろんなことが起きるので、昨日も今日も明日も「長い一日」である。一日の日記の分量は、平均すれば二〇〇〇字くらいになる。その間も読書はつづけられていた。書くことが多いときは、読むことも多いのだろう。読書記録の一節を抜き出してみよう。

一月一二日には、島崎藤村の「家」上巻を読む。日本人の暗さを感じ、「こんないとしい日本人が、日本が、戦いに負けようとしている」。

あくる一三日は、「家」下巻。これまで肌があわないと思っていたが、いまはむさぼるように読める。「あるときはどうしても読み手を拒む」、そういう「かたくなな小説こそ、純潔な、そしてまごころのある小説に違いない」。

一四日、「家」下巻、読了。日本の家につきものの嫁と姑の問題が出ないので不満だったが、「下巻でやはり出てきた」。でも「簡単だった」と不満気。藤村は「幸福な人だったのだなと思った」。でも彼は三人も子供を失った。「一人失っただけでも心にヒビが入った感じの自分は、三人も失った藤村の苦しみを、しみじみと考えるのだった」と、感想が曲折。

一五日には、徳田秋声「あらくれ」。そのあとその日の生活記録がつづき、終わりに「家」に立ち戻る。「明治の生んだひとつの傑作に違いない」が、「心を高められるという作用をその傑作は持ってない」。

あくる一六日には、感想が変わった。

「妻と、帝国ホテルへ赴くべく家を出る。母が幸い機嫌がよくてうれしい。不機嫌な日だと妻と二人で出にくい。／（一行あき）／車中、前日の『家』についての不満の感想は、疑いありと反省する。不満の正体を正確にとらええていないのだ。心を高める作用を持ってないから不満だというのでは、未だ当ってない」。「家」の感想が変わるのは、もしかしたら母の機嫌がよかったためかもしれない。作品の評価や印象が、身辺の空気で左右されるのはよくあることである。

二日後の一八日には、「あらくれ」読了。「家」は水彩絵、「あらくれ」は油絵と記したあと、「自然主義というのを自分は、単なる『現実』描写主義とは解しない」。

「家」「あらくれ」の読書は、ここで完了する。

「家」については、二転三転しているようすだ。本を読んだあとの感想や気分は、誰でもこのように変化するものだが、それを伝える人はあまりいない。読んだ日に、感想を書き、そのあとはふれないものである。高見順の日記には読書の自然な姿があらわれている。四月一〇日には、中戸川吉二「反射する心」読了、小説のうまさに打たれる。佐藤春夫の「反射する心」評を長々と日記のなかに写し、また中戸川の年譜を、ていねいに書き写す。この一日も、読書によって長いものになった。

同一二日の日記には、前夜から読みはじめた中戸川吉二の「北村十吉」の残りを読み、里見弴「おせっかい」を手にとった、とある。里見弴と中戸川吉二は師弟関係にあったが、そのあと離反。「北村十吉」と「おせっかい」は、それぞれ相手のことを書いたものだ。中戸川吉二の作品への所感は、この日一日ではおさまらないとみえ、同二〇日にも顔を出し、中戸川のうまさは「不思議に新しい」と、感想は元に戻る。日記の世界は、本を読むたびに深められていくようすだ。

中戸川の作品はさきごろ、あまり知られていない三編があらたに刊行されたが（『中戸川吉二　三篇』ＥＤＩ叢書）、そのなかの「滅び行く人」（大正一五年）などは現代小説のはしりではないかと思われるほど新鮮な、また、飛び切りうまいものだ。こういう人がいたことを知っていることと知らないことでは文学の見方がかなり異なるものになるのではないか。高見順だけではなく、当時の作家たちはいい作品を知っていたし、果敢に言及した。

さて日記はこのあと、岩野泡鳴の五部作に入る。ここでもねばりづよい読書が展開される。「はじめは、露骨で乱暴で下品で、ちょっとたまらないと思ったが、読んで行くうちに、——慣れた、慣れて平気になった、という工合に考えもした。昨日は、一方でそうも考えた。それを全然否定もできない。できないが、露骨に慣れた、というより、情熱に捉えられたという方が、ほんとうではないか」(四月二八日)。ここにゆきつくまでも時間をかけている。

「家」「あらくれ」にしても、泡鳴五部作にしても、高見順が日記につけた評価や感想のなかみは、すべてが個性的なものではないし、特別なものではない。当時の人も、いまの人もその作品を読めばそう感じると思われるようなこと、あるいはそれに近しいものもまじる。だが、それらが時間の進行とともに、ひとりの人間の内部を通して具体的に示される。そこがこの日記の貴いところだ。

きょう・あした・きのう

室生犀星といえば『抒情小曲集』(大正七年)の一編「小景異情」の、「ふるさとは遠きにありて思ふもの」の一節があまりにも有名だが、ここでは昨日、今日、明日という三つの日を歌った詩を選んでみた。『新潮日本文学13室生犀星集』(新潮社・一九七三)より、まずは今日についての詩「けふといふ日」の冒頭——。

時計でも

十二時を打つときに
おしまひの鐘をよくきくと、
とても　大きく打つ、
けふのおわかれにね、
けふがもう帰つて来ないために、
けふが地球の上にもうなくなり、
ほかの無くなつた日にまぎれ込んで
なんでもない日になつて行くからだ、
茫々何千年の歳月に連れこまれるのだ、

このあと、この詩は「そんな日があつたか知ら」と思われて、「けふといふ日」が消えていくことを告げる。たしかに今日は、またたく間に消え失せる。はかない。では明日はどうなのか。犀星は「明日」という詩も書いているのではないかと思ってさがすと、あった。その全編。

明日もまた遊ばう！
時間をまちがへずに来て遊ばう！
子供は夕方になってさう言って別れた、
わたしは遊び場所へ行って見たが
いい草のかをりもしなければ
楽しさうには見えないところだ。

むしろ寒い風が吹いてゐるくらゐだ。
それだのにかれらは明日もまた遊ばう！
此処へあつまるのだと誓つて別れて行つた。

こんなところがおもしろいの？　こんなところに明日も来るの？　と思うようなところで、子供たちは遊んでいるものだ。子供だけの話ではない。人は各自このように、よろこびに思うことを持って、今日は楽しかったから明日もここに来れば楽しいと思うものだ。「今日」と「明日」がこんなふうにつながるために、誰もが人生を過ごしていくことができるのだと思う。

でも何が起こるかわからない明日のことなんて、書くことなどできない。正確にも不正確にも書くことはできない。この詩も明日のことではない。今日という時点に立って、明日のことを話題にしたのだ。明日のことはわからないが、一日が少しでも残されているところで思うからには、今日のことだって書くことはできない。だが昨日は完結している。こっちのものだ。犀星は「昨日いらつしつて下さい」という題で、昨日についての詩も書いた。「けふといふ日」や「明日」よりも、この詩は知られているものである。

きのふ　いらつしつてください。
きのふの今ごろいらつしつてください。
そして昨日の顔にお逢ひください、

わたくしは何時《いつ》も昨日の中にゐますから。
きのふのいまごろなら、
あなたは何でもお出来になつた筈です。
けれども行停りになつたけふも
あすもあさつても
あなたにはもう何も用意してはございません。
どうぞ　きのふに逆戻りしてください。
きのふいらつしつてください。
昨日へのみちはご存じの筈です、
昨日の中でどうどう廻りなさいませ。
その突き当りに立つてゐらつしやい。

突き当りが開くまで立ってゐてください。
威張れるものなら威張って立ってください。

いい詩だ。決然とした詩だ。「昨日へのみちはご存じの筈です」とか「威張れるものなら威張って」は、女性のことばなのだろうか。何かがあって、こんなことといわれてしまったのか。あるいは先回りして思ったのか。いろいろと想像できるが、作者は昨日と今日では人間は変わること、今日は昨日のままではない、新しい世界なのだということを大きな声で、なにものかに向けて叫びたかったのかもしれない。

こうしてみると昨日は、明日よりも今日よりも内容の濃いものであるらしい。昨日のことは、とりかえしがつかないだけに、人を強く引きつける。犀星は永遠や遠い過去だけを歌う人ではなかった。昨日、今日、明日という身近な日の底にあるものを真剣に見つめた。だから今日からも明日からも、昨日からも詩が生まれたのだ。

III

暗い世界

一〇〇年前から四〇〇年前までの世界を一望する、おもしろい一覧表を見つけた。「日本古書通信」二〇〇三年一月号の記事だ。

それによると、いまから一〇〇年前（明治三六年）に生まれた人、つまり今年「生誕一〇〇年」の文学者は次の通りだそうである（同誌では誕生月日の順に並ぶ）。

森茉莉、中島健蔵、岩倉政治、深田久弥、芝不器男、草野心平、サトウ・ハチロー、林房雄、山本周五郎、阿部知二、中野好夫、若杉慧、島木健作、山之口貘、小林多喜二、立野信之、今日出海、神西清・星野立子（ともに一一月一五日生まれ）、中本たか子、伊藤永之介、手塚富雄、滝口修造、林芙美子・渡辺修三（ともに一二月三一日生まれ）など三一人。豪華だ。この表にはないが、小野十三郎も生誕一〇〇年。

今年が「没後一〇〇年」にあたる人は誰か。これは行年（数え年）付き。

中島歌子（60）五世尾上菊五郎（60）清沢満之（41）滝廉太郎（25）尾崎紅葉（36）落合直文（43）など八人。ちなみに中島歌子は、樋口一葉の歌の先生。

「死後二〇〇年」、一八〇三年（享和三年）没は、近松柳（42）北村

季春（62）望月武然（84）二柳（81）美濃口春鴻（71）中井蕉園（37）前野良沢（81）、五明（73）など一五人。「解体新書」の前野良沢を除いて、無知なぼくには当然のことに知らない名前ばかりである。

「死後三〇〇年」、一七〇三年（元禄一六年）没の人も出ている。最最初の「大石良雄ほか46人」（二月四日）はリアルだが、板垣民部（54）露の五郎兵衛（61）松浦鎮信《しげのぶ》（82）浪化（33）松下見林（67）とつづき、またまたぼくには、暗い世界がひろがる。

「死後四〇〇年」、一六〇三年（慶長八年）没は、二世茶屋四郎次郎（京都の豪商）、名古屋山三郎《さんざぶろう》（美男で阿国歌舞伎で知られる）、幸阿弥長清《ちょうせい》（蒔絵師）、里村昌叱《しょうしつ》（連歌師）、稲葉貞通、武田信吉、住吉屋宗無、山岡道阿弥。

このうち二人は行年不明。括弧のなかは手もとの日本史辞典などを見て加えたが、あとの人についてはぼくにはわからない。今後の課題としておこう。

このリストでは一〇〇年は「没後」、二〇〇年、三〇〇年、四〇〇年の場合は「死後」という語が付けられているが、正しいつかいわけかもしれない。二〇〇年以上となると、あまりに昔のことだから思い出す人もいないし、追跡もむずかしい。ぬくもりがぬけるから「死後」がふさわしい。また「生誕二〇〇年」「生誕三〇〇年」「生誕四〇〇年」ではあまりピンと来ないから「生誕」のリストはないのだろうと思う。時がたつと、生よりも死が、残るのかもしれない。

いずれにせよ、こうした「記念の年」で、出版の企画や町おこし村おこしの行事が発想されるのだろうから、市町村の関係者には貴重なリストだ。「露の五郎兵衛没後三〇〇年記念展」もありうる（？）。ちなみにぼくは「文学者の生年・没年・出身地一覧表」（現在二〇〇名）をこしらえた。大学などで話すとき、これがあると、とても便利だなと以前から思っていたが、ここまで簡単な表は当然のことに、どの本にも載っていないので去年自分でつくってみた。誰にもつくれるものだけれど、そういうものをこしらえるのが、生きているぼくの楽しみ。

ひとり遊び

作家色川武大（一九二九—一九八九）は、吉行淳之介との対談（新潮社『吉行淳之介全集』第一一巻）で子供のときの、ひとり遊びを語る……。

小学生（戦前）のとき、まずは「野球」。全球団の選手ひとりひとりのカードをつくり、サイコロでゲームをする。小さなサイコロが3、大きなサイコロが5だったら三塁ゴロ、というように決める。三塁手が一塁へ送球するときには、またサイコロを振る。

当時のプロ野球は一リーグ・主に九球団（一九四九年までそうだった）だが、色川少年も、実際と同じようにリーグ戦をたたかう。こちらと「向こうの世界」（現実のプロ野球）とは違う結果になるが、こちらはこちらで楽しむ。一シーズン、ずうっとやる。ひとりで。

実はぼくも子供のとき「野球」のひとり遊びをした。勉強に疲れたとき、勉強をしているふりをして、机の上で。まずは、マッチ棒四本を用意する。細長い四面のうちの一面を黒く塗り（一本は二面を黒くする）いっぺんに振る。それで黒い二面が表になると、シングルヒットということにする。球団年間打率は二割五分程度にセットする。まあ、こまかいこと。

四面が黒く揃う（確率は低い）と、ホームラン。「あ、野村、打ちました！　ホ・ー・ム・ラーン」なんて、声に出す。野村や穴吹（打率は低いが、ホームランに賭けた選手）に打ってほしいのに、空振りのときは、見ないふりをし、こっそり直したりする。南海・東映戦だと杉浦、皆川（南海）、尾崎、土橋（東映）らピッチャーがヒットを打ちまくるのは、困るので、低い打率になるようセットする。真っ白のマッチ棒を多めに入れるのだ。試合が終わるごとに、せっせと打率計算。そして結果を、高らかに発表。「計算」と「発表」の楽しいこと。待ち遠しいこと！

色川少年はしかし、そんなものではない。

トレードや球団経営も、やったそうだ。試合に来る客の数もサイコロで決め、畳のヘリを線路に見立て、絵葉書の電車をこしらえ、客が球場に入るところから、はじめる。

そんなところまで、全部をひとりでやるのだから、「自分がまるで神様になったような」感じ。お客さんがどのくらいの給料で、どのくらいを野球見物に使うかまで、かかずらうのでキリがない。これでは、本物の野球を見に行くひまもない。「めし食う暇もない」。

色川少年は「競輪」もやった。競輪選手四千人のカードをつくったそうだ。

〈**吉行**「四千人となると、ひとりひとりのイメージはないでしょう。」

色川「いや、全部あるわけです。」〉

野球、競輪、相撲。みんな、ひとりでする。だから朝になると「ヒョロヒョロになってる。そのくせ、何やってるか、他人にはひとつもわからない」。こうした遊びを、二〇代終わりまでしていたそうだ。

現在のひとり遊びは、他人が考えたレールとルールで行う。テレビゲーム、ケータイなど、手作りではなく「機械」に頼るものになった。それが当然だという雰囲気だが、昔のひとり遊びは自分の知恵でする。お金はかからないし、人に迷惑もかけない。ひとつの世界のはじまりから終わり、小さなことから、おおきなことまで、まるまる構想、考案するのだから、社会感覚や想像力もそれなりに身につく。そういう知られざる利点もあったのではなかろうか。素朴な遊びもいいと思う。

中学、高校になると、おとなびてくるから、「音楽・映画鑑賞」「スポーツ観戦」「読書」など「人にも話せる」分類におさまるけれど、実は、そんな「高等な」趣味をもつ前に、ひとり遊びの世界があったのだ。

色川武大は直木賞を受賞したが、純文学の作家としても『生家へ』や『百』（川端康成賞受賞・新潮文庫）などの名作を残した。ひとり遊びの少年はのちに、多くの読者を魅了したことになる。

他の人のことなのに

文学書のなかの評論や解説を読んでいると、その作品や、作者の魅力を思いきりよく表現している文章に出会う。今日は「ほめる・たたえる」ことばを見つめてみたい。

人や作品を評価するときには、さまざまな手法がある。ストレートでもクリアでもない茫漠とした表現をつかった文章もいい。でも読者は、あいまいなものより、明快なものを好む。そのほうが、読んでいて気持ちがいい。

まずは世界文学史を彩る大作、トルストイの「戦争と平和」に向けられた、シュテファン・ツヴァイクのことば。

「まったく人為のものとは感じられぬトルストイの散文は、いってみれば永遠から生まれ、自然そのものであるかのように起源もなく年齢もなく、我々の時代の真只中に出現し、しかもあらゆる時代の彼岸にある」（紀田順一郎『世界の書物』より引用）

ああ、かっこいい！　とぼくは思う。明快であり、壮大であり、思考の運びそのものが心地よい。ぼくがほめられているわけでもないのに、ぼくまでほめられたような、気持ちになる。他の人に向けられたのに、ひょっとしたら、自分に向けられているのではないかと思うものである。そしてトルストイというすばらしい人がいること、いたことを、心からよろこびたい。そんな気持ちになる。特に最後のところなど美しい。劇的である。「戦争と平和」に、飛びつきたくなる。

広津和郎の「徳田秋声論」（一九四四／筑摩書房『現代日本文學大系15』一九七〇）の結び。

〈……その時彼は一方「この頃になってやっと自然主義の荘厳さに触れかけて来た気がする」と云っているが、この「縮図」を読むと、彼が云ったその自然主義の荘厳という言葉が迫って来る。

否定の文学と云われた自然主義を、秋声は半世紀近くの間引きずり引きずり、その不断の努力によって、とうとうこの大きな肯定の文学にまで引上げて来たのである〉

この文章の伝えるところをすっかり理解するわけにはいかない。なにせ、文章の一部なのだから。でもこの美しい、力のこもった文章は、ぼくらの知らないところにあるものまでが、それこそ荘厳な風に乗って、こちらに届くような気がするのである。

川端康成が、室生犀星を語る。

「室生犀星氏は文学――言語表現の妖魔であった。現代日本語による美の極限の一つを、創造したと思はれる。室生氏の作品のあるものは、幻怪な抽象に至りながら、切実な感動で人に迫る。ふしぎな天才の魅惑である」（新潮社『室生犀星全集』内容見本・一九六四）

室生犀星の小説は「あにいもうと」も「かげろふの日記遺文」も「蜜のあはれ」も不思議な気韻をたたえるが、年来の読者の「感動」も深い理解者のことばを通して鮮明になる。動かぬものになる。

中島健蔵が、国木田独歩と石川啄木を語る。

「独歩や啄木の文学が、わがことのように心にしみとおるのは、人々の目にうつる姿以上に生々しい素顔の声が、作品を通じて読者にひびき、読者の素顔に訴え、世俗的な顔よりも真実な顔があり、その方がほんものだという裏返しの自覚を誘うということだと思う」（筑摩書房『現代文学大系6』一九六七）

わかりやすい文章だが、とてもたいせつなことを述べている。こうしたことばは対象となる人物や作品への深い理解から生まれる。全体に少しだけ調子が高い。うっすらとした「熱さ」がどの文章にも感じられる。思いきりのよさと、繊細さが、波打つ。対象への愛情と理解を心をこめて表現しようとするからだろう。

いいほめことばを読むと、うれしくなる。いいもの、すばらしいものがこの世にある、たしかにあるのだと思う。そしてそれが生きるための力になることがわかるのだ。

これからもほめことばをたいせつにしよう。自分へのものも、他人へのものも心にとどめよう。

どこにいる

索引の話をしたい。索引とはその書物のなかの語句、人名、事項などを、容易に見つかるように抽出し、主に巻末に一定の順序で配列、その所在（ページ数）を示したものだ。索引は便利だ。しかし必要なときに、索引がないことがある。版元の名前は伏せるが、ぼくも毎日のように利用させてもらっているA社の文学辞典の索引は「羅生門」「草枕」「白樺」など題名と誌名を、百数十頁にわたって載せる。題名、誌名については遺漏がない。

ところが残念なことに「人名索引」がない。たとえば芥川龍之介なら、その名前は、夏目漱石の項目にも久米正雄の項目にも菊池寛の項目にも、つまり他のところにもいっぱい出る。辞典本文の各所に出る。どこに出ているか。「人名索引」がないので、それが引き出せない。ちなみにA社が近年出した新しい文学辞典にも「人名索引」はない。社の方針らしい。その点、新潮社の『増補改訂 新潮日本文学辞典』の「人名索引」は完璧である。

大手出版社B社から出た、短歌、俳句、詩を鑑賞する辞典は、手元に置いてよくつかう。短歌、俳句、詩の冒頭の一行（あるいは一句）の「五十音順索引」はみごと。ところが「作者別索引」が不完全なのだ。古典の作者（人麻呂、芭蕉など）はあるが近代・現代の人を全部カットしている。高浜虚子の句は、どこにあるか、萩原朔太郎の詩はどこか。本文を隈なくさがさなくてはならない。たとえば虚子の句は「自然・風土」だの「人生」「思想・文化」だのの章に分けて（こういう区分けはあいまいであり、さほど意味がないと思うのだが）、あちらこちらにいっぱい出て、解説されているのだが、「人名索引」がないので、どことどこに虚子の句があるのかがわからない。虚子の「世界」を抽出できない。

一首、一句、一編の冒頭の語で、作品をさがす人は、この世のなかに実際にどのくらいいるのか。少ないと思う。また、あまり有名ではない詩歌の冒頭まで、ごっそり索引で並べても意味がない。そのかわり、この辞典には「語彙索引」が付く。これもりっぱなものだ。でも

「秋風」が「初雪」が「青海苔」が「柏餅」がどことどこにあるかを知って、どれほどの意味があるのだろう。結局、使う人の身になって、つくられていないのである。「作者別索引」は五人で、三週間くらい部屋にこもればつくれるように思う。たったそれだけのことをけちった（？）ために、読者は一生苦しむのだ。この他にも、人名を主要なものに限るなど、不十分な辞典類は意外に多いのである。

学術書や文芸批評の書物では索引を付けることが逆効果になることもある。読者が自分はAという作家が好きなので索引でさがす。ない。なんだAのこと書いてないのかと、その本を買わないことがある。

見えない母

映画「ベルリン・天使の詩」の脚本でも知られるドイツの作家ペーター・ハントケの『幸せではないが、もういい』（元吉瑞枝訳・同学社）は、著者にはめずらしい「私小説」である。五一歳で自殺した母の、生まれてから死にいたるまでのようすを回想と想像をまじえて描いたもので、母の死の翌年（一九七二年）に書き上げられた。

オーストリアの小さな村に生まれた母マリア・ハントケは、ナチス党員と恋に落ちるが、ハントケが生まれる直前に別の男性と結婚し、生涯の大半を生まれ故郷で過ごした。その生き方は「幸せではないが、もういい」の題にも通じる、総じて平凡で地味なものだが、その人生はなにものにもかえがたいものだ。身近にいた人の「人生」に近づくにはどんなことばが、どこに、どれだけ必要なのか。ことばをいのちとする文学の力がためされる場面である。文学は、かりに人間がどのようになっても、その人生を忘れることはできないものなのだ。

やさしい人だった、かわいそうな人だったというような、いわば「公的な言語」の無力さを感じたハントケは人生を知ること、語ることの困難に直面する。「私の母は、私が私自身を扱う通常の場合とは違って、いつまでも、生き生きとして自立した、少しずつ曇りがとれて透明になっていく作中人物にはどうしてもならないのだ」。

ハントケは「抽象化」「定式化」もいとわない。「しばらくのあいだは、それでうまくいき、あらゆる個人的なものはタイプ的なものの中へと消え去った」「しかし母は、最終的には、おどおどしたもの、空虚な茫漠としたものになることはなかった。彼女は自分を主張し始めた」とか、あるいは彼女が本を読むようになってからのようすを振り返るくだりでは、「文学は彼女に、これから先は自分自身のことを考えるようにと教えたのではなく、そうするにはもう今からでは手遅れだということを告げていた」と冷静な見方を示す（手遅れとは、ちょっとお母さんにはかわいそうでもあるけれど）。このような整理作業を積みかさねるので、息子にとって母は遠い人にも、また近い人にもなる。人生をことばに換える旅は重い。

公共の場には出なかった母だが、それでも年に一度、献血に行き、コートに献血のバッジをつけていたという。

「ある日、彼女は十万番目の献血者として、ラジオで紹介され、プレゼントの入った籠をもらった」

こうした断片は、本人から捨てられるが他の人の記憶にひろわれることもあり、ちいさなものほどその人を思うときの手がかりになるものである。人生はその人だけのものではない。まわりにいた人が気づき、書きとめ、語る、その残像を含めて成り立つものなのだ。

「私は夢で、それを見ると耐えがたいほど悲しくなるようなものばかり見た。そこへ突然、誰かがやってきて、それらの中から、その悲しいものを、もう期限の切れたポスターを剥がすようにあっさり取り去ってくれた。そして、この比喩も夢に出てきた」

終盤になると、著者の文章はいっそう個人的なものに切り替わり、詩のような、あるいは何かのきれはしのようなものになって散ってゆく。母の死をのりこえようとする複雑な思いが、ハントケ自身の多様な言語によって描き出されるのだ。

人生を見えるものにするために、感じとれるものにするためにたたかう著者の姿は印象的だが、誰もの人生がそうであるように、その追跡は「不毛」であり、母の人生もまたつかみきることはできない。だが思いをこめて、ことばの灯をかかげていくことは、人間が人生を忘れないあかしである。悲しみの底から生まれた、ハントケ初期の秀編。

なに大丈夫よ

舟橋聖一「悉皆屋《しっかいや》康吉」（戦時中に執筆、昭和二〇年五月刊）は、「あいづち」で染められた世界でもある。染物職人の康吉が納戸色《なんどいろ》（ねずみ色がかった藍色だが種類が多く見分けがつきにくい）の区別を、先輩から教わる場面。一部省略。

〈「深川納戸はね、これだよ、康さん」
「へい」
「二つ、あてがって、くらべて見な」

「へい」

「じいっと、見つめていると、恐ろしいもんで、違うところがわかってくる」

「へい」

「鴨川と深川の区別がつきゃア、悉皆屋としては、先ず一人前だ」

「へい」

「わかったかい」

「へい。少し、鴨川の方に、ひかりがござんすな。深川は、くすんで見えます」

「まあ、そんなもんだ。それに名前からいっても、鴨川は京都のもので、深川は江戸のものだ、京都と江戸の心意気だけが、色のおもてに

なに大丈夫よ
浮いて出るんだ」
「へい」〉
「あいづち」は、こうしてみると「へい」ばかりではないか。「あいづち」は「あいのつち」。鍛冶で、師匠と弟子が向き合って槌を打ち合わすことだから、康吉の「へい」一点張りは当然である。だが「へい」は単純ではない。ひとつひとつの「へい」にこめられたものがある。師匠はそれを聞き分けたはずである。
一般社会の「あいづち」はどうだったか。木下尚江「火の柱」(明治三七年)の問答を見てみよう。引用は新仮名に変える。
〈「ハア、あなたはにわかに非常なる厭世家にお化《な》りでしたネ」
「私は篠田さん、このごろツクヅク人の世が厭になりました」〉

「私は篠田さん」のように、相手の名前を応答の頭に入れるものが目立つ。自分は誰と対話しているか、自分で確かめながら話をしていくのだ。夏目漱石「三四郎」（明治四一年）はどうか。一部省略。

〈「今のは何の御話しなんですか」

「なに空中飛行器の事です」〉

〈「広田先生や野々宮さんは嘸《さぞ》後《あと》で僕等を探したでしょう」

「なに大丈夫よ。大きな迷子ですもの」〉

「なに」という頭のことばは、いまはあまり使われない。「なに」は、おおきくなりそうなものを、ちいさくして、人を安心させることばである。心配をかけまいとする気持ちが働くのであろう。昔の人の、よいところだ。女性だと「随分ね」も多い。男「何を見ているんです」

に対し、女「中《あ》てゝ御覧なさい」などというのもある。

国木田独歩の名編「巡査」（明治三五年）。自分の詩を押し入れから出す巡査、山田銑太郎との対話。一部省略。

〈「事を治むる之に次ぐ、エ、どうです」

「賛成々々」〉

〈「醜郎満面髯塵《ぜんじん》を帯ぶはどうです、エ」

「痛快ですなア」

「これは或大臣の警衛をしていた時の作です」

「も一ッ」〉

「賛成々々」「痛快ですなア」「も一ッ」など、テンションを高めることばが会話をもりたてる。話のなかみではない。ここでこうして二人で話をすることが楽しいのだ、という空気なのだ。人間会話の醍醐味である。

きっといいことがある

谷中に、檸檬屋という居酒屋ができたのは一九八八年七月のこと。この夏で一三年になる。日暮里駅北口から歩いて二分、ビルの二階である。梶井基次郎の名作「檸檬」にちなむが、看板はない。客が一人もいないこともある。客がいて、店主がいないことも。五〇を過ぎた男がもそっと、一人、そこにいる。それだけの店である。平日の夕方、おもむろに開店する。一日、客の来ない日もある。常連の一人が、金曜日に店に入った。うすぐらい店内に、ぽつんと店主の住枝清高がいて、「おまえは今週、はじめての客だ」と述べたそうだ。「ビールでいいか?」「はい」

この一三年間に、「あら、こんな店があるわ」という調子で店に来たお客さん、つまりフリの客は数人しかいない。客はみな誰かの紹介で知って、やってきたわけだ。看板がないのだから、そうする他ない。

はじめて来た客は、最初だけは、店主によってていちょうに扱われるが、一時間もたたないうちに、「すいません、そこのグラスとっていただけませんか」と、店主にいわれる。「はい」。次の客が来ると、「わるいけど、そこの冷蔵庫からウーロン茶、出してやってくれ」といわれ、さらにエスカレート。そのうち最初の客は、店主の代わりに厨房に入り、「やきうどん」なんか作らされてしまうのである。なんと粗暴な店だと怒って帰ってしまう客はまずいない。みな、これがあたり前のように感じて、自然に体が動き出し、今度来るときには、「住枝さん、だんご買ってきたよ」「ああ、ありがと」。みんなでつくる店、ということになるのだろうか。

店には何時間いてもゆるされる。ゆったりとした、ちょっとどこにもないような大きな大きなソファーがあり（これだけがとりえ）、そこにいったん体を沈めてしまうと帰りたくなくなるのだ。「自分の部屋にいるみたいな」感覚、と人はいう。そのまままくつろぎ、眠り、泊まっていく人も出る。こんな自由な店は、この広い日本にもまずないだろうと思う。客は酔いつぶれたままソファーに沈没。店主は「おれ、もう帰るわ」と言って、近くのひとり住まいの下宿に帰る。これまた酔いつぶれて。

「腹ぺこの人に、うまいものをいっぱい食わせる」、そんな気持ちから、この店は始まったらしい。たしかに材料は一流、料理も「ぶあつくて」うまい。だがこの店に通う客は、この住枝さんという不思議な人を「見たい」のである。元気がなかったり、こまったことがあると、住枝さんを「見たく」なるのだ。

彼はいくつかの奇跡的な性格をもっている。抜群の記憶力。話題のひろさ。人の心を扱うときのやさしさ。とはいえ、あれこれに知識があり、かっこつける、そのへんの「名物」マスターとはちがう。全くそれではない。「そこのグラス、とってくれ」「ちょっとすまんが、そこの酒屋でビール買ってきてくれ」と、はじめての客に言う人だが、彼は冷たい人ではない。いつも客の心の隣りにいる人なのだ。

彼は、客の身辺に何かいいことがあると、その人のよろこびを自分のよろこびにしてしまう人で、それもはんぱなものではない。ぼくはここまで人のためによろこぶ人をこれまで見たことはないとさえ思うくらいだ。「それは、よかったなあ、よかったなあ」。そのことばには一点のくもりもないように感じられる。ある若い人がある賞をもらったことを、遠方からの電話で知ると、彼はうれしさのあまり終夜、一人で谷中の路地を歩き回ったそうだ。そんなことばかりだ。

夕方、住枝さんを見にいく。あら、いた。「きのう、三人泊まっていって、おれ寝てないんだ。酔い醒ましに、銭湯行ってくるわ」と出ていく。これで三時間も四時間も帰らないことがある。銭湯で眠ってしまうのだ。「もしもし、もしもしい」と、どこかのおばあちゃんに肩をたたかれて店主は我に返り、ふぬけた顔のまま、店に戻るのである。その間、客は、次に客が来るまで、店のなかで待つ。電話をとる。料理をつくる。

自由人なので、誰も彼の行動を読めない。突然、前ぶれもなく姿を消す。三日続けて電話しても、いない。「住枝さんがいない！　店のなかで倒れているのではないか」。不健康な暮らしをしているので、みな心配なのだ。ニュースはあっという間に伝わり、ある人たちが「派遣」され、とうとう、近所の一人が深夜に電柱に登って、二階の店のなかをのぞいたこともある。

そんなわけで客は店に来ると、まず住枝さんの姿をさがす。いないいと、とてもがっかりして「いつ戻るの」と怒ったようにきく。「いや、わたくしもいま来たばかりで」「ああ、そう」。店に来るのではない。住枝さんを見にくるのだ。そのついでに、店に来るのだ。

実は彼は学生時代に、早稲田に喫茶店を開き、そこから檸檬屋をはじめた。詩集の出版もてがけた。その店は実質一〇年続いたが、調子に乗って「破産」。何年かはちまたを漂流し、そのあと、谷中の店に着地した。人にいえないこともいっぱいある。人よりも長い人生だ。

さて店は常連で成り立つから、いつも経営の危機。みんなが集まり「この店はつぶしてはならない。なんとかしよう」とおおぜいで熱い討論。そのうち、みんなが集まってくれたうれしさからか、住枝さんは酔いつぶれ寝てしまう。「なんだよ。こんなに心配しているのに！」

と、全員で怒る。でも、あくる日ぼくらはまた店にやってくるのだ。

「住枝さんは？」

彼は弱い立場にいる人たちや、こまった人たちを見ると、自分がへとへとでも、さらにへとへとになるまで力を出してしまうのだ。そういうことばかりの毎日なのでいつもとても疲れている。そういう彼の人柄が店内をみたしていく。それで客もまた自分のなかにもある同じ種類の、これまで自分には見えなかった力を引き出してしまうことにもなる。誰かがこまっていると、その場に居合わせた見知らぬ客たちが話をきき、「おれのところで、なんとかしよう」「こうしたら、どうなの」というふうになって総力戦になり、いつのまにか問題を解決してしまうのだ。それがとてもとてもむずかしいことであっても。そういう不思議な力をこの店はもつ。ここで何人もの人の「心のいのち」が救われた。でもサロンではない。人に知られることのない無力の店である。彼は力を嫌うのだ。力のないほうへと流れていく。

でも客は何かがあると、「あ、住枝さんに知らせなくては」と思うのだ。どうでもいいことだったりしたら、知らせてどうなるものでもないが、みんなは店にいないときでも、住枝さんのことを見ているのだと思う。

住枝さんは本が好きだが文章は書かない。でも若い人たちが「住枝さん、できました」と詩集などを見せにくると、わかりやすいことばで評定する。しかも本質をつく。ほんとうのことをききたいときは住枝さんのひとことを待つのがいちばんなのだとぼくもまた思っている。

ある日、住枝さんは詩を書く若い学生に述べていた。「ことばと、つきあってみてください。何があるかはわからないけれど、そのうちにきっといいことがありますよ」と。酔っていないとき、午後七時ごろまでの彼のことばはきれいだ。きらきら、かがやいている。あとは、途方もないほどに崩れるけれど。

この店から「ボヤン賞」（のちに留学生文学賞と改称）という文学賞が生まれた。ボヤンは、ボヤンヒシグさん（中国・内モンゴル自治区からの留学生）にちなむ。この店に、ぼくはボヤンヒシグさんを連れてきた。ボヤンヒシグさんは、店の人たちと出会って、もうひとつの日本を見た。大学よりも「学校」だと感じたらしい。なにしろ住枝さんを見たのだから。

ボヤンヒシグさんは帰国するとき、みなに求められて詩とエッセイを書いた。それが店内で回覧されるうちに「本にまとめては」となり、店の仲間たちの出資で出版。その本は各紙の書評欄にとりあげられるほど話題になった。その、とてもきれいな、たしかな、力のある日本語はぼくらの目をさましたのだ。それを記念して、これからの外国人留学生（および日本語学校在校生）のための新人文学賞が生まれたのだ。あっという間に。これもこの店の力であると思う。

他にも話題にはならないけれど、この一三年間にこの店はいろんなことをした。客は生活も職場も世界もちがうが、自分のもつものを惜しみなく提供する。住枝さんと同じように、人の気持ちを自分の気持ちに代える。そこから新しいもの、見たことのないものが飛び出す。

ぼくはこの店のそういうところが好きだ。つぶしてはならないと思う。たとえ客が、一人もいなくなっても。

ある日の午後、ちょっと早めに店に入ると、買い出しを終えた住枝さんが一人店にいた。花を買ってきたらしく、五〇過ぎの指を動かして、花をいけている。ぼくは夢の世界を眺めるように見つめた。花のそばにいる住枝さんの、真剣なようすは、とても愛らしいものに見えた。彼には、そんな日もあるのである。

「あ、そこに、ウーロン茶があるよ」

と、店主は花の陰から言った。

文学の名前

青山学院大学で九年、早稲田大学で一三年間講座をもったが、二〇〇三年の三月でその早稲田も終了した。それ以外の大学、短大にもいたから、非常勤講師を二五年余りつとめたことになる。ここ数年感じたことは、学生の基本的な知識がまずしくなったことだ。ものを知らないぼくのようなものも話をすることができるのは、そのおかげだともいえるけれど、新聞を読む学生が一〇人に一人しかいない時世だから、ものを知らないのは当然だし、おとなも同じようなものだろうと思う。去年、大教室の講義のとき、学生たちにたずねた。いまからいう三人のうち、名前だけでも知っている人は、何人いますかと。

深田久弥

村山知義

恩地孝四郎

そのときに思いついた名前だから、誰か別の三人でもいいのだ。漱石や芥川ほどではないが、文学を学ぶうえでたいせつな名前だ。あえて挙手は求めなかったが、三人全部を知る人はほとんどいなかったはず。というのは、別の教室（五〇人）で武者小路実篤の名前を知る人は半分もいなかったし「新しき村」を知る人はたった二人だったのだから。これが文学部の三、四年生の状況である。

もちろん、ものを知らないからこそ、ものを知らせるために教室があり先生がいる。だが聞く側にあまりにも一般的知識がないと、話が進まない。名前を知らないと、その人物の説明からしなくてはならない。これは時間のむだ。教える側は苦しい。話しながら、強烈な空しさを感じる。少なくとも一〇年前は、こんなことはなかった。

深田久弥はいまも親しまれる名著『日本百名山』（新潮文庫）の著者、村山知義は戦前の前衛芸術の旗手、恩地孝四郎は萩原朔太郎の詩集の装幀でも知られる著名な版画家。いずれも文学と深いかかわりのある人たちだ。このうちの二人は知らないと本を読んでいる人とはいえないと思う。

でも、と学生はいうかもしれない。そんな人は高校の国語の時間に教えられなかった、文学史の教科書にも見あたらない、テレビでも見ないと。そうなのだ。深田久弥の名は、衛星放送「日本百名山」で知られているが、あとの二人の名はまずテレビに出ることはないし、村山知義の本は、『忍びの者』（岩波現代文庫）『戯曲ベートーヴェン・ミケランジェロ』（新日本出版社）などを除けば、新刊書店にはないはず。知らないのも無理はない。恩地孝四郎もしかりである。

でも村山知義の名前は、昭和史の本などを読んでもたびたび目にするし、新聞や雑誌にも顔を出す。普段活字にふれていれば、自然に見おぼえる。そういうラインにある名前なのだ。

書店に本がない、学校でも教えられることはない、マスコミにも出ない、友だちの話にも出てこない。だが実はこういう人によって文学はつくられている。なぜなら文学はいまの人たちが関心をもつ世界だけを相手にしない。もっとひろいところに対象を定めて、人間というものをひろくふかく語っていこうというものだからだ。だからいまは知られない名前も重要なのだ。

誰から教えられることもない。おもてだっては、話題にならない。でも文学を語るときに欠くことのできない人物、文学の話題をするとき、その名前を知らないと話そのものが成立しにくい、そういう人物がいっぱいいるのである。そういう人物とことがらで文学の世界はみたされている。いつもいつも目にしないが、それがないとこまる。いわば空気のようなレベルにあるもの、それを知ることが知識なのだ。本を読まなくなると、人は有名だとかいま話題だとか、そういう一定のレベルでしかものを感じとれなくなる。いろんなレベルにあるものを知る。興味をもつ。それが読書の恵みなのだ。

朝刊一面のコラム（天声人語など）には、文学者の名前が毎日のように登場する。夏目漱石、正岡子規、樋口一葉、徳富蘆花、寺田寅彦、内田百閒……。詩人も多い。三好達治、山之口貘、中桐雅夫、石垣りん、吉野弘、茨木のり子といった人たちの詩句も、コラムの常連だ。また文学者のなかには一般社会につながるかたちで話題をもつ人たちがいる。さきの三人もそういう人たちだ。

毎朝のコラムを読むだけでも、文学の世界に明るくなれる。知識は毎朝、配達されているのだ。すぐそこにある。その、すぐそこにあるものを見つめることだ。知識とは、知ることではない。知るために何をしたらいいかをイメージできることだと思う。

空を飛ぶ人たち

詩について書く。

詩を読む人が少ない日本では、現代詩（ここでは小野十三郎の詩集『大阪』が出た昭和一四年から現在までとする）の詩集は、平均すると五〇〇部くらいの発行なので、ひとつの作品が詩を見る目をそなえた読者にゆきわたり「あの作品はいいね」といわれるまでには一〇年、二〇年の歳月がかかる。それでも、よい詩は読者のもとに残される（どんな人の、どこに残されるかはわからないが残される）。

思いつくままにあげても（以下は作品名、＊は詩集の表題作でもあるもの）、小野十三郎「葦の地方」、永瀬清子「あけがたにくる人よ」＊、天野忠「動物園の珍しい動物」＊、蔵原伸二郎「昨日の映像」、会田綱雄「伝説」、石原吉郎「馬と暴動」、黒田三郎「秋の日の午後三時」、中桐雅夫「会社の人事」＊、石垣りん「くらし」、吉野弘「夕焼け」、粕谷栄市「世界の構造」＊、茨木のり子「自分の感受性くらい」＊、飯島耕一「ゴヤのファースト・ネームは」＊、谷川俊太郎「父の死」、鈴木志郎康「終電車の風景」、寺山修司「懐かしのわが家」、清水昶「少年」＊、井坂洋子「地上がまんべんなく明るんで」＊、近年の作では清岡卓行「咲き乱れるパンジー」（『一瞬』思潮社・二〇〇二）、伊藤信吉「帰宅」（「すばる」二〇〇二年一〇月号）

などがあり（このなかには詩を読む人にひろく知られているものもある）、いずれも、その詩のもつ新しさ、あたたかさ、かなしさが、このあともたいせつなものになると思えるものである。
粒来哲蔵「鱏《えい》・manta」（『倒れかかるものたちの投影』思潮社・一九九〇）もそのような作品のひとつだ。楽しさとかなしさが同居する、不思議な世界がつくられているのだ。詩集では六頁分の、比較的長いこの散文詩は、こんなことばではじまる。

マンタは空を飛ぶとです。――といって伊良波盛男は　その飛形をまねてみせた。マンタは海も飛ぶとです。――といって今度は同じ飛形に膝の屈伸を加えてやってみせた。

作品末尾の注によればマンタ（オニイトマキエイの学名）は、沖縄宮古島周辺の海に棲む、巨体の鱏。沖縄生まれの詩人伊良波盛男が、そのマンタが飛ぶようすをしてみせているのだ。都会のまんなかで、詩を書く友人たちに。こんなふうに、飛ぶの、と。

粒来哲蔵は、彼らと別れる。飯田橋方面に歩きだしたが、「その位置から駅のホームを見ると、伊良波盛男がマンタの飛形のままで電車に乗り、両手を上げ下げしているのにとりすがっている粕谷栄市と風山瑕生が、パタパタ風にあおられている。で、三人とも宙に消えた」。

このあとどうなったか。粒来哲蔵には、そのあともマンタの「飛形」がちらつく。

娘の住んでいる後楽園寄りに歩いているつもりが、次第に左へ左へとなだれてきて、そのたびに、マンタは空を飛ぶとです。――とおれは呻る。伊良波のような甘えた声色は出せないが、粒来哲蔵も飛ぶとです。――と両手を二、三度勢いよく伸び縮みをさせていたら、側溝にはまった。落ちた片足が溝の底までは届かず宙ぶらりんになっていて、片方の尻だけばかに痛い。はたして足をついた方がよかったか、それとも……などと考えながら足を抜いたら、犬ではないお巡りがきた。近頃はどこに行ってもお巡りが群れている。

おまわりさんは冒頭にも出る。そのあらわれ方と、消え方がおもしろいが、このあとの粒来を見よう。彼はまた、両手を突き出し、マンタのつもりでパタパタしたら、「お巡りが少し退《ひ》いた」そうである。そのあと、どうなるか。

娘の部屋の窓を開けると、後楽園。観覧車の窓から、伊良波、粕谷、風山の三人が「両手を突き出しているから、マンタは空を飛ぶとですよ――。とやっているに違いない」。

娘の部屋には、窓の外からプランクトンが入ってきた、チョウチョウウオも泳いできた。娘は、それでいいのよ、「パパ、そうやって泳ぐのよ」という。

してみると、おれは泳いでいるのだ、と思い、粒来哲蔵は海を泳ぐとです。――と伊良波盛男をまねてみると、伊良波の哀しさが胸に染みた。

そしてまた、そのあと、遊園地の高いところにあるポールを見たら、その球体のまわりを、あの三人がパタパタ泳いでいた。そこならお巡りもいない。自分も行こう。すると息子が、「オヤジ、頭ひやしてこいよ」。結び。

空の高みで、マンタは空を飛ぶとです。――という伊良波の声が聞こえていた。

ぼくはこの詩を楽しんだ。そしてかなしんだ。「マンタは空を飛ぶとです」ということばが繰り返されるうちに、ぼくは胸がつまってきたのだ。

粒来、粕谷、風山、伊良波の、もうどこから見てもおとなの四人はいつもこんなことばかりして遊んでいるわけではない。彼らはいつも四人で会っているわけではない。何かの集まりで、たまたま四人になり、こんなことになったのだろうと思われる。

四人の書く詩（このなかにはいまあまり詩を書かない人もいる）は、それぞれにちがっているけれど、ひとつだけ似たところがある。彼らはあまり詩以外の文章（詩論など）を書くことがないというところだ。

ぼくは四人の本の履歴に詳しくはないものの彼らはどちらかというと

詩だけを書いてきた人だと思われる。詩だけを書く。余計なものを書かない。おそらくこれからもそうだろうと思う。それがいいことかどうか。わるいことかもしれない。ただ詩を書いているだけの詩人なんてと思う人も半分はいる。だが彼らはそのように詩を書く男たちなのだ。

詩を書くことはそれを選んだところで人生が消えるものである。詩そのものも人生をかげらせるが、それを読む人の少ない国ではなおさらである。土を離れ、空に浮かぶことなのだ。人生はないも同然なのだ。彼らのように詩人の名をもつ人にとってそれはもっとそうなのである。

だが彼らの胸には詩を書く自分を止められないものがあり、それからそのあとのことがきまったのだ。そんな彼らがひとつのかたまりとなって「マンタ」を思い描くとき、それは人生を消すことを選んだ人たちの人生のかたちの表明でもあるのだ。だからこの詩はかなしいのだ。でもぼくは好きなのだ。詩を書く人たちの姿が、このように明るいことばで詩のなかに記されたのは日本でははじめてのことであると思うからだ。

「マンタは空を飛ぶとです」

彼らもまた、空を飛んでいた。

お祝い

お祝いの会を開くのが好きである。なんでもいい。お祝いなら、まかせとけだ。といって司会もやれないしスピーチもできない。結局なにもできないのだが、お祝いの会を企画、構想するのが好きなのである。人の顔を見ると、その人の何かのお祝いの会を開きたいなと思ってしまう。その人のことをぼくが尊敬していたり、いい人だと思っていると、「いつかお祝いしなくては」と思ってしまうのだ。これ、ちょっと病気かもしれないが、いまのところぼくは健康だ。

文学賞受賞の宴とか、出版記念の集まりとか、ときどき、そういう輪のなかに出ていくが、ぼくは別に人が集まることが好きなのではない。ただぼくは、いい姿の人生を生きている人に対しては機会があればお祝いしたい。何かきっかけがないかと考える。きっかけがない人ほど、お祝いしたくなるのだ。それにお祝いはいいことだ。その人をみんなで、あらためて感じとる機会だから。誰もがそういう人を友人や知人のなかにもっていると思う。

Mさんという年下の人に出会った。どういう経緯で知り合ったのかおぼえていないが、二年くらい前におたがいにおたがいの前にぽつんと現われた。彼はもの静かな会社員なのだが趣味としてコウモリ（蝙蝠）の研究をしており（日本にはコウモリ研究者は二〇人くらいしかいないとか）、めずらしいコウモリが出ると、すっと中国の奥地とかに行ってしまう人だ。彼がつくるコウモリ学会の会報もとてもしっかりつくられているが、それだけではなくいろんなことに関係し（とてもここに書き切れないほど）、そのたびにこまかいことをきちんとする人で、しかも表に立たない。ああ、この人はお祝いしなくてはいけないなとぼくは思うのである。Mさんだけではない。そういう人が何人かいて、その人たちのお祝いをしなくてはいかんなとぼくは思うのである。

お祝いするなんて、ある意味では失礼だ。大きなお世話かもしれない。そんなことよりその人のために何かしたほうがだいじだとは思うのだが、ともかくお祝いをしたいのである。現実にどういうことをするかというと、四、五人で集まるとか、みんなで温泉に行くとかそのくらいしか思い浮かばないのだが、お祝いするときのようすをいろいろと、さまざまと（変な日本語だが）想像し、やはりお祝いをしてよかったなと夢のなかで思うのである。

誰と誰を呼ぶ？　どんな会にする？　二次会はどこ？　と、こまごま思い浮かべる。そこのところでたいていは終わってしまうが、これはこれで楽しいひとときなのだ。Mさんは他人をお祝いする会合でも、裏方でいい仕事をする。だからMさんをお祝いするときはまずMさんに相談するのがいいな、と思ったりするのである。

ぼくはお祝いが好きだ。心が楽しくなる。「ほんとうにお祝いしたい人」が少なくなった。そういう時代だけに、こんな気持ちが生まれるのかもしれない。

太郎と花子

子供の詩ができあがっていく過程には定則が存在する。そのルールは鞏固《きょうこ》なものだ。おとなのものより鞏固であることもある。『三島由紀夫全集』第三五巻（新潮社・一九七六）に、三島由紀夫が七歳のときに書いた詩「秋」（昭和七年）が載っている。「秋が来た」ではじまる短いもので、庭に立つと、木の葉が「ぼくをめがけてよってくる」そうである。全集の順に従うと、次に書いたのが「春」（八歳）と題する詩で、次も「春」（九歳）。このあとも「春」（一〇歳）だが、同じ年に「みのりの秋」を書く。春、夏、秋、冬。季節の数はいうまでもなく四つ。子供は、種類の少ないものからとりかかる。色のほうはどうか。最初の詩「秋」に「おにはの柿はあかい顔／木の葉もまねしてあかい顔」と、赤が出る。この段階では赤だけで、そのうちに色がふえる。「春」（九歳）の全編。

春だ
たふれてゐた草々も
頭をもたげた
わらの霜よけも
取りのけられた

青い芽は
赤い芽は
青い天井をながめて
よろこんでゐる

青と赤、二つの色を自分の世界にひきいれることができたのだから、作者は満足だったろう。色彩は季節の数「四」をおおきく上回る。視野の拡張、個性の萌芽によって種類の多いものに向かう。これもルールである。

四季と色彩のあとは、時間である。一一歳の「雨空」に「今日も降るかな銀の雨」とあるが、今日、昨日などのことばが入ることで詩趣が深まる。

新潮臨時増刊《三島由紀夫没後三十年》（二〇〇〇）で公開された「明るくなる町」（一二歳）には「いつかの昔」「人々は去年のやうに」といった、時間をひろげることばが見える。季節、色彩、時間を詠むことは子供の詩の定則であり、定則にそって詩は色づく。三島少年の一〇代の詩はルール通りに進行した。

二〇歳のときの「バラアド」は、彼が残した詩のなかでもっとも完成度の高いもののひとつ。「さくらさくころに／しづかに汽車が出る」。その汽車には太郎と花子の二人が乗る。このあと、その光景は過去のものになり、物語はこう閉じられる。

沖を何かが通るのだつた
見ないでゐると。ふたりの心に。
海のほとりを　汽車ははしつた
むかし　花子と　太郎が　ゐて
それに乗つたが――
さくらさくころに。

ここでは定則がそろう。「むかし」（時間）「さくら」（季節と色彩）である。それに〈何かが〉という秘密のことばが加わるから、詩は絶頂の時期を迎えているとみていい。だが太郎も花子も、しんと静まり返っている。なんだかさびしそうだ。「ここまで書かれたのに、終わってみればこんなものなのか」。そんなささやきが聞こえてきそうだ。「さくらさくころに」の音とリズムの美しさも、作者の実の気分とは離れているように思う。

三島少年は定則通りに詩を書きつづけたが、普通とちがうところがあった。それは詩に笑いをつくるためのゆるみがとぼしいことである。この太郎と花子の世界などは、ユーモアが顔をのぞかせていいムードなのだが乱れなかった。道をはずれることはなかった。

詩は散文とはちがって、通常の呼吸法からは生まれない。詩を書くことは、人前で、自分の風変わりな口もとを示すことである。だからそれは実はとてもはずかしいし、自分で自分を笑ってしまいたい、そんな空気のなかに身を入れることなのだ。いくつかの「笑顔」が含まれることで、詩という特殊な表現は、道幅をひろげ、一般的な社会と接点をもつことになる。それは詩のいのちでもある。彼は詩の最後の定則には、めぐまれなかったことになる。

三島由紀夫の小説「美しい星」の冒頭。車庫からみんなを乗せた車が出発する場面。

「エンジンが冷えてゐたので、音ばかり立てて発車に手間取るあひだ、乗つてゐる人たちの不安な目はあちこちを探つてゐた」

不安な目できょろきょろ、とはおもしろい。書いている作者も、楽しいはずである。ぼくはこういうところに喝采する。こういう文章は、いつまでもおもしろいし、消えにくい。三島由紀夫は詩では笑えなかったが、小説のなかでよく笑った。それはとてもよかったと思う。太郎と花子にとっても、よかったと思う。

「詩人」の人

学生時代に『保田與重郎選集』全六巻（講談社・一九七一～一九七二）を買い求めて以来、「日本の橋」をぼくはこれまで何度も読んだ。好きなところだけ読んだ。わからないところは飛ばした。わからないところは和歌の話や、昔のできごとである。ぼくは和歌、俳諧はもとより古典と称されるものに知識がなく、昔の歴史にも興味をもたない人間なので（日本人としてははずかしいことだが、古文もまったく解釈する力がない）、わかるところだけ読むことになる（以下講談社学術文庫『日本の橋』から新字に変えて引用)。特に有名な部分、多くの人が引く最後の「日本の橋の一つの美しい現象を終りに語って」からはじまる、裁断橋の銘文のくだりは思い出すだけでも美しい文章なので、ぼくは何度も読み、うっとりした。そこが、なんとかぼくにもわかるところだからである。

日本の橋の特色について語るところも、息がとまる美しさだ。「あの茫漠として侘《わび》しく悲しい日本のどこにもある橋は、やはり人の世のおもひやりや涙もろさを芸術よりさきに表現した日本の文芸芸能と同じ心の抒情であった」。さらにもっと端的なものを選べば、「彼らは荒野の中に道を作った人々であったが、日本の旅人は山野の道を歩いた。道を自然の中のものとした。そして道の終りに橋を作った。はしは道の終りでもあつた。しかしその終りははるかな彼方へつながる意味であつた」というような一節だ。「彼ら」は羅馬人《ローマ》を指す。

でもいっそうぼくの息を苦しめたのは、文章の意味よりも、いいまわしであったかもしれない。「私はほのかに憶《おぼ》えてゐる」「その軽快な歴史観が、ある時の私に悲しまれた」とか、あるいは「つひにかすかな現象の淡さだけを示し」「私らの蕪《あ》れた精神に移し」「誰よりもふかく微妙に知つてゐた」のような表現に、一〇代のぼくは心躍った。「日本の橋」だけではない。保田與重郎の作品にそのようなくだりを数えれば切りがない。また、切れ目なく流れる文章の世界なのだ。

このたび読み返してみて、「日本の橋」のなかでいちばんよい文章は、冒頭の部分ではないかと思った。「東海道の田子浦《たごのうら》の近くを汽車が通るとき」から、「それはまことに日本のどこにもある哀つぽい橋であつた」で閉じられる一節だ。その橋は「日本のどこにもある」橋であるが、「混凝土《コンクリート》造りのやうにも思はれた」とあることから、それは特別ではない橋のことだと重ねて思い、そのためにその普通の橋が、ありありと脳裏に浮かぶところである。

最初にあるものだから、以前には気にもとめなかったが、「日本の橋」のなかで、いちばんすなおな文章であるようにいまは思う。それはぼくが年をとったために、刺激のうすいところに本来の文章があることに少しばかり気づくようになったためかもしれないが、このように、いつのときも、ぼくにわかるところだけを読む。それがぼくにとっての保田與重郎なのだ。

こう書いてきて、ぼくは、わかるところだけを読むというのは、ぼくが他の人の書いた詩を読むときのようすと同じだと気づいた。詩というのは無理をせず、遠慮もなく、いまの自分にわかる一節だけを読み、そこにたたずんだあとに感想を添えるものである。わからないところは読まなくていい。少なくともぼくはそのような詩の読み方をしてきたので、そのことをあからさまにいうことができる。詩はわかるところだけを読むことに実はいのちがあるもので、それを知るためには、ある程度読みなれる必要がある。読みつけない人にとって、わかるところだけを読むことは理解しがたいことかもしれない。

では保田與重郎の作品は、詩なのか、というと、そうではない。作者は、自分の書くものが詩であるとは思っていない。思想の表明であり、論理の披瀝であると思い、文章の全体でものをあらわそうとしているのだから詩ではない。読む人にわからないところがあること、わからなさが引き起こされることを予期して書かれる部分は、ほとんどないようにみうけられる。論理の切迫するところ、緩慢なところを含めて、そうである。だから詩であるというわけにはいかない。ただその作品を詩として読むことは著者の計算や期待のなかにはなくても読む人のなかではありうる。それは作品が文章であるための宿命である。

「みやらびあはれ」（前記『選集』第六巻）にこんな文章がある。この一節はいつも気になっていた。

「私はこのやうな気分を集めて一つのものがたりをくみ立て味はつてゐたのである。しかしその僅かの間に共に遊んだ少くない島の男や女のことを、ありきたりの出会とわかれの経路でしるすつもりではなかつた。云へばさうした形にするより外ないことかもしれぬが、私の気持では別の姿があるやうに思はれた。軍の病院を出るあわたゞしい雰囲気の中で、その沖縄の軍医が餞《はなむけ》にしたことばは、これから先、どのやうな苦しい旅路に発たうとも、今の身体の状態は十分それに耐へるにちがひない、といふ意味であつた。その時私は窓の外を吹く秋風の音を聞いてゐた。」

「みやらびあはれ」は、自分のなかの気持ちを「集めて」つくられた文章で、「日本の橋」とはちがって内面的な世界になっているが、たとえばこの軍医のことばを聞きながら、秋風の音を聞いている「私」の姿など印象的である。「ありきたり」ではない人の姿がある。

「私」のことをいわれているのに、「私」はまるでそこにいないような不思議な空気のなかにある。「みやらびあはれ」はどこもかしこも「形」のない文章で書かれており、異様といえば異様だが、ぼくはまるで詩を読むような思いで読んでいた。実はそうするより他は何もできないものが、この文章のなかにはある。論理もないが目的もなく、しかしそれ以上に何か必要なもの、「ありきたり」ではないものがこのときあったことを、文章の吐息は告げている。これは詩であるとしかいえないようなものである。彼はこのときばかりは詩人である他ない自分を感じていたかもしれない。

しかし保田與重郎の文章がときにどんなに詩に近づいたとしても、彼が詩人になることは困難だった。詩人であることが困難になるように彼自身が仕向けてきたからである。ぼくは保田與重郎の作品は、結局のところ、詩人について書いていた、という他ないものであると思う。さらにいえば、詩人ということばについて書いていた人だ、といっていいかと思う。

彼は文学の場を離れた文章のなかでも「詩人」ということばをつかった。必要なときも、さして必要ではないときも呼び出した。

「かかる悲劇はつねに詩人と大衆の見る悲劇を意味した。ただ詩人は開花の下に悲劇をみた」(「日本の橋」)「亡びゆく雑多を悲しみ葬り、大筋を支へ守るといふことは、古来から詩人の務と任じたところである」(「みやらびあはれ」)などは文脈の上から順当に思われる用例だし、また後鳥羽院や芭蕉を詩人というのも、ひろい意味では詩人であるからそれでいいのだが、万葉集の歌人についてもそれを歌人とはいわずもっぱら詩人ということばで語り論じ切る。さらに、その他、直接に詩歌の人でなくても詩人と呼ぶ例は多い。まるで詩人ということばをつかうあいまに、文章を書いた。そう思えるほどである。

詩人は、彼がつかったことばのなかで、もっとも熱度の高いことばだった。なぜなら彼は詩人というとき、みずからが緊迫したからである。この詩人ということばは一般的な尊称を超えるものとしてつかわれたようすがある。あらたかなものであり、汚しても、また汚れてもならないことばであり、観念であったかもしれない。民族とか国家といったことばをもちいるときとは異なる特別な自制心もはたらいたはずだが、それでも気持ちをおさえることはできなかったようだ。詩を書かずして、詩人ということばをこれほど多くつかった人は、その前にもこれから先もいない。

詩人ということばが、果たして適切であるのかどうか疑問だ。また文芸批評家である彼が、同時代の現代の詩歌をほとんど無視してつくりあげる詩論や詩人観が、現実的ではないことももっと否定的に論じられていい。しかし思いの熱さにおいて、その論じる人を上回るものが、彼のことばにはあった。そこがとても重いところである。人がなにかひとつのことにとりつかれて、人生を終えていくような平凡な印象もある。

詩人ということばでつくられていくその膨大な文章を見ていくと、ぼくはただひとつのことしか思い浮かばない。それは詩人ということば、あるいは存在、あるいは観念、どれでもいいが、ともかくそれらに、この世界の誰が期待するのかということである。また、詩人ということばや存在や観念に人はいったい何を託していいのか、ということである。ぼくはいつの時代も、託するものはないのではないかと思う。誰も何も託していないのではないか。託するものがあるとしたら、それはいつの時代も、詩を思うものの見誤りである。そう思わせるほどに、保田與重郎の「詩人」への熱情は空しいものであったと思われる。彼が詩人というとき、その一語は空前絶後のひびきをもった。彼のいう伝統も、歴史も、理解する人は多いと思われるが、詩人ということばをつないで生まれる彼の文章に、応答できる人は何人いたのだろうか。おそらくいなかった。その説くところが独創的なものであれ、独断的なものであれ、ことは同じだと思う。保田與重郎は特別な人ではなかった。他人にはまぼろしと見えることばをかかえて生きた、市民の一人であった。

朱色の島

検印の話である。検印といっても、若い世代の人たちは知らないと思う。明治二〇年代に始まった検印は、いまから四〇年ほど前に姿を消したのだから。

本の奥付の一角に、著者の名前のハンコをおした紙を貼りつけた。これが検印である。

ひところまでは、どんな書物にも検印があった。その本が一〇〇〇部発行されたら、一〇〇〇部の一冊、一冊に、著者の名前を捺印した紙片（紙票）を貼る。著者の印税（収入）が正当に支払われるように、出版社が発行部数をごまかさないようにするためのものだ。検印のない本は、正当な本ではないのである。

検印の「本格的なもの」は、独自の図柄を印刷した紙片に、著者の朱肉のハンコを、実際に押し、それを奥付に貼りつけ、その上に、朱肉がにじまないようパラフィン紙を「おさえ」として貼りつける。川端康成なら「川端」というハンコをひとつひとつ押した。高見順なら「高見」とハンコを押した。著者が自分で、あるいは代わりの人が押すのである。何万部の本ともなるとこれはたいへんな作業なので、検印は次第に「簡略化」された。その経過を、ぼくが持っている本（現物）をもとに追跡してみた……。

検印にはいくつかの種類があることがわかった。A本格的なもの、B著者のハンコを印刷したもの、C出版社印を押したもの、D出版社印を印刷したもの、E「検印廃止」と印刷したもの。以上の五種類を、ぼくは確認した。手もとの何冊かを見てみると。

［単行本の検印のようす］

昭和一四年　森山啓『日本海辺』A（「森山啓」とフルネームの印鑑が押してある）

昭和一六年　横光利一『菜種』A

昭和二二年　藤森成吉『あこがれ』A

昭和三五年　小島政二郎『食いしん坊』25版　B

昭和三六年　伊藤整『作家論』E

昭和四〇年　田村泰次郎『蝗』D
昭和四三年　小野十三郎『現代詩手帖』12版　A
例外はあるが、昭和三〇年代後半に、検印は単行本から消えたようだ。
［文庫の検印のようす］
昭和二七年『日野草城句集』（角川文庫）A
昭和二八年　嘉村礒多『秋立つまで 他三篇』（岩波文庫）C
昭和三一年　高見順『故旧忘れ得べき』（河出文庫）A
昭和三四年　小川正子『小島の春』（角川文庫）6版　C
昭和三五年　藤沢桓夫『花粉』（角川文庫）4版　D
昭和三五年前後から、新潮、角川文庫はD、さらにEへとレベルダウン。そのあとEもなくなった。昭和四〇年代に入ると、単行本からも文庫からも、検印が消えたようである。大量生産とスピードの時代になり、書籍の量が膨張、一冊一冊に検印紙を貼る作業が時代に合わなくなったのだ。また著者と出版社との信頼関係が確立され、無用になったのだ。

ここに昭和三二年発行の『現代日本文學全集』（筑摩書房）があるが、その第七七巻は「前田河広一郎・藤森成吉・徳永直・村山知義」集である。著者が一人ではなく、四人であることから、

前田河

藤　森

徳　永

村山

と、四人の姓を並べてひとつにした、特製のハンコを押した検印紙が奥付に貼られている。もっとも手のこんだ「本格的な」検印というべきで、それにとてもきれいだ。息をのむ。出版社の人たちの本づくりの情熱が伝わってくる。せっかく検印のハンコをつくるのだ。神経のゆき届いた、いいものをつくろうということなのだと思う。

検印は、日本だけにあるものらしい。ひとつの「文化」なのである。他はすべて印刷されたページであるのに、検印紙が貼られた一角だけが、まるで島のように、ぽつんと浮いていた。それが日本の書物の、しるしだった。

生きてゆこう

創元文庫『日本詩人全集』(創元社・全一一巻)のうちの第九巻(一九五三)を古書店で二〇〇〇円で買った。三九人の詩人の主要作数編(多い人は二〇編以上)が収録されている。いまでは忘れられた人や当時もあまり知られなかった人もいる。ぼくの判断で四つに分けて名前をあげておく。

Aはいまも知られている人。Bは読書家なら知っている人。Cはあまり知られていない人。Dは詩の世界に相当明るい人でも、知らない人。一部新字にあらためる。

A中原中也・高橋新吉・草野心平・八木重吉・山之口貘・正宗白鳥・串田孫一

B尾形亀之助・逸見猶吉・岡崎清一郎・土方定一・淵上毛銭・長光太・石川善助・坂本遼・更科源蔵・黄瀛

C藤原定・大江満雄・馬淵美意子・山本和夫・草野天平・岡田刀水士・長江道太郎・竹内てるよ・岡本彌太・飯野農夫也・蒲池歡一・猪狩満直・三野混沌

D松木千鶴・三ツ村繁蔵・近藤博人・木村次郎・市島三千雄・清水房之丞・金子鐵雄・小森盛・坂本七郎

このうち尾形亀之助、黄瀛《こうえい》、坂本七郎の三人は、顔写真が掲載されていない。

尾形亀之助は、家にこもって特異な詩境を開いた人で、没後に評価を高め、いまも読者をもつ。秋元潔編『尾形亀之助全集 増補改訂版』（思潮社・一九九九）も出た。

黄瀛は一九〇六年、中国・重慶に生まれ（父は中国人・母は日本人）、文化学院に学ぶ。在日中、草野心平らの「銅鑼」他に参加、日本語の詩集『景星』『瑞枝《みずえ》』で知られる。現在九五歳、中国に住む。つい先日、NHKのラジオ深夜便で、元気な声が流れた。

坂本七郎は一九〇六年、群馬県太田町（現・太田市）の生まれ。工学院機械科卒、「銅鑼」同人、各地を放浪、「詩集は未刊」とある。「夕暮の詩」は、まずしい女工をうたう一〇〇行をこえる作品。

だからみろ　暮れてゆく煙の中の子安町を
暮れてゆく煙の中の子安町に生きるみんなを
おれは黙る
そしておれはまた黙ってけふの夕暮も窓を閉ぢる
窓を閉ぢもう一度開け空を見てから閉ぢる

坂本七郎はこの文庫にはこの一編しか採られていない。一編でもいい。あればうれしい。こうして何十年もあとに、詩人の名と、一〇〇字くらいの略歴を見ながら、残されたことばをぼくは見つめる。

Dは、この文庫以外では、そのあともあまり名前を見ることのない人たちだ。その一人、松木千鶴《ちづ》は一九二〇年、長野市西町の生まれ、アテネ・フランセに学び、日本アナキスト連盟の機関紙「平民新聞」刊行に協力、二〇代で早世。同文庫には「詩集未刊」とある。この時期の詩人には「詩集未刊」は、ごく普通のことである。一冊の詩集のかわりに、一編の詩を書く人たちだった。

松木千鶴はこんな詩を書いた。「蓮」の結び。

何億何萬貫の重量ある冬だ。北氷洋のガラスだ。池を閉じている。
あなたも
わたしも
見られない蓮の花は

あなたの後に咲くか、
わたしの後に咲くか、
生きてゆこう
友よ。
私の屍からもやわらかい莖が出る。
あなたの屍からもやわらかい莖が出る。

価格

ある方から「すがや通信」という数頁の刷物のコピーを見せてもらった。札幌の「古書須雅屋」の目録だ。おどろいた。はじめの二頁には同人詩誌が並んでいるからだ。多くは三〇年ほど前のもので、当時の詩の読者でも知らないものがほとんどだ。これが商売になるとはとても思えないが、ちゃんと値段がついている。「詩誌□□」一号から八号まで、五〇〇円などと。値段は高いもの、安いもの、そして中ぐらいのものまであり、当時を知るぼくにはいずれも適正な価格に思えるのである。これが三〇〇円なら、こっちのほうが少しは知られていたから五〇〇円は正しい、などと思うのだ。価格が、ひとつのことばのように感じられるのだ。こちらの目付きも真剣になる。

一九七〇年前後は、現代詩に活気があった。同人詩誌もすこぶる元気だった。詩のことばは、評論のことばと区別がつかないくらい「思想的」だった。

当時は吉本隆明らの「試行」、村上一郎らの「無名鬼」、田川建三の「指」などの思想誌がよく読まれたが、同人詩誌では天沢退二郎らの「凶区」、北川透らの「あんかるわ」、清水昶らの「白鯨」、倉橋健一らの「犯罪」、より若い世代では金石稔、熊倉正雄らの「騒騒」が人気を集めた。

そうした著名な、詩の歴史のうえで意味のある雑誌ではない。「すがや通信」には、それらの予備軍ともいうべき無名の雑誌が並んでいるのだ。捨ててもいいのに、捨てないでとっておいた読者がいたということになる。

当時ぼくは五つ、六つの同人詩誌を編集（主宰あるいは参加）する同人詩誌青年だったが、あちらこちらで同世代の雑誌がのろしをあげていた。なかでもぼくをひきつけたのは奥村賢二、池原学らの「点火」「棲息闇」だ。群を抜いて新しかった。気味のわるい（？）細密な漫画と、破天荒に頭のいい人が書いたと思われる切っ先鋭い詩論を載せていた。同人はどこかの学生たちである。他に「異道」「地方」「小人」「星菫」「素稚留」「榛名抒情」など思いつくだけでも個性的なものがいっぱいあった。それらは短期間で消えたし、書き手のほとんどは活動をやめた。でもこうした小さなものたちが放つ熱気が、いまにして思えば現代の詩を支えていたのだ。当時の詩の読者は大きな詩誌の動向よりもむしろ小さな詩誌のことが気になったのだ。

詩を語ることはイェーツやブレークやマラルメについて、わかったようなことを語ることではない。高いところにいては、詩の動きもすがたもわからない。ひごろから小さな詩誌を置く書店なども訪ねて「こんな雑誌が出たのね」「これ、知らないな」というようなつぶやきとともに、時々刻々の動きを知る。それが基本だと思う。すれた人では、できない。若い人だからそれができるのだと思う。昔の詩人のたまごたちは、そんなことばっかりしていたのである。おばかさんといえばおばかさんだ。基本だけで生きていたのだ。

詩を恐れる時代

『中野重治詩集』（一九三五）の「雨の降る品川駅」について江藤淳は書いた（新潮社『昭和の文人』一九八九、現在は新潮文庫）。「雨の降る品川駅」の終連「日本プロレタリアートの後《うしろ》だて前だて」という一行に注意し、次のように述べる。

朝鮮の人たちとの「清楚な距離」をとって、うたってきた作者が、この箇所に来て、彼らを、自分たち（日本のプロレタリアート）の「後だて前だて」にするのは奇妙だ。彼らに対し「傲慢」であると。

このことは多くの人がこれまでに触れているが（本人の中野重治も）、江藤淳はこの詩句の底には「熾烈をきわめた」「変身の欲求が隠されている」と指摘する。だがその前に考えたい。この「日本プロレタリアートの後だて前だて」ということばは果たして江藤淳のいう通り、この詩にそぐわないものなのだろうかと。

かりに「日本プロレタリアートの後だて前だて」が評論やエッセイのような散文なら問題はあるが（朝鮮の「辛」さん「金」さん「李」さん「女の李」さんに失礼だが）、この部分はすべて「詩のことば」なのであって散文ではない。彼が書いたのは詩だ。詩のなかの「日本プロレタリアートの後だて前だて」と、散文のなかに置かれた「日本プロレタリアートの後だて前だて」は、同じことばでもまったく別のものだ。また、別のものとしなくては詩を書く意味も読む意味もないのである。

では詩のことばは果たしていま、「フィクション」として認識されているのであろうか。それを今日の詩の作者たちに、そして自分にも問いたい。こんなことを書けば、こんなふうにとられてしまうと恐れるのか、詩人たちは「フィクション」として詩のことばをつかうこと、動かすことを極端に避けるようになった。繰り返すがことばは詩のなかに置かれている以上、基本的には「フィクション」であるはずなのだ。そしてそこにこそ「詩の自由」があり、またその「自由」を主張することができるはずなのだが、作者たちは自分の詩のことばが「フィクション」であることを忘れてしまった。あるいは故意に忘れようとしている。そのため散文として読まれて事故が発生するような、危険性のあるものは書かなくなった。だから中野重治の詩句に対する江藤淳のような「反応」のひとつ「誤解」のひとつも引き起こせなくなった。そうなると自分と他人の詩の区別をつける必要もないから論争のひとつも起きない。これが世紀末で示された「戦後詩」の帰結である。このかんのどんな新しい流れも、この帰結のなかにすいこまれてしまった。「詩はフィクションであってはならない」。それは詩そのものを恐れることに等しい。

「詩のことばはフィクションである」という理念を放棄したとき、詩はあたりさわりのない抽象的語彙と、一般的生活心理を並べるだけの世界へとすべりおちる。「詩のことばはすなわち散文のことばである」とみられることへの恐怖心を、とりのぞく。そこから新世紀ははじまるべきだろう。

手で読む本

とても小さな判型の書物は、豆本といわれている。

豆本は、あまり書店には出ない。小さいので、値段も安いので、もし売れても、書店はもうけが少ないから（?）。それと理由はもうひとつ。豆本そのものがあまり知られていないからだ。

豆本の大きさは、たて・よこ、ともに七センチ前後、タバコのハコよりちょっと大きいくらいのサイズのものが多い。小さな豆本のことを思うと、普段手にしている普通の書物がとても「巨大な」もの、

「奇怪な」ものに思えてしまうほどである。大活字の本がはやり、「読みやすさ」を求めるこの時代に、豆本は肩身がせまいが、豆本にもいいところがいっぱいあると思う。

何冊か、豆本を紹介すると——。

徳永康元『黒い風呂敷』（一九九二）は、ハンガリー文学者の随想。ハンガリーの話と、日本の話がある。いい本だ。

保昌正夫『川端と横光』（一九九五）は、昭和文学の「両輪」、川端康成と横光利一の交遊をつづる六編。

結城信一『犀星抄』（一九九六・矢部登編）は室生犀星の初版本を集めつづけた記録で、著者が亡くなってから出たものだ。

伊藤信吉『亡命・高村光太郎』（一九九八）は、詩人の生き方を

「亡命」という視点で描き出す三編の文章。

以上四冊は、日本古書通信社刊行の「こつう豆本」（発行者は八木福次郎）である。いずれも六〇〇円（発行時）、本文は、八〇頁前後である。

則武三雄『紙の本』（一九八一）は、詩集『紙の本』（一九六四）の新版で、福井の越前和紙の歴史と、和紙づくりの工程をうたった著者の詩を集めている。その詩の一編。

「漉く」

自分の生命が

紙の液体に
はいったと思ったときよい紙が漉けます

自分の顔が
へんにゆがんで写ったとき
よく搔きまわします

ミツマタも　コウゾもありません
よい紙になるようミツマタやコウゾが祈っている

この豆本の用紙は、越前和紙。「すべて三代岩野平三郎氏の漉紙」

とある。どんな和紙をつかったかは、扉のうらに記されている。

カバー／鳥の子（金ちらし）

表紙／鳥の子（柿しぶうるし染）

薄様紙／色紙鳥の子

本文／鳥の子（以上は流し漉きです）

紙の種別などわからなくても、楽しい気分になる。末尾に、紙の見本も貼られていて美術的にもたいへんすぐれたものである。福井市の北荘文庫刊。限定七〇〇部。

以前は、小説の豆本もあった。高見順の短編を集めた『波』（地平社・一九四七）が手もとにある。文庫本の半分くらいの判型に、一一編の作品が収まる。戦後は紙が不足した。紙が少なくてすむ豆本は歓迎されたのだ。札幌の「ゑぞまめほん」がスタートしたのは一九五三年のことである。

豆本の文章の総量は、四〇〇字詰原稿用紙で三〇枚ほどである。豆本になる文章は、書き下ろしであることは少ない。すでに、その人の全集や、単行本に入っているものの再録が多いのだ。でも、同じ文章でも豆本で読むとまた別のおもむきがある。古い時代に書かれたものも、豆本になることでよみがえる。

テーマが、ひとつなので読みやすいのも、豆本の魅力。ぶあつい単行本にするほどのものではなくても、だいじなことが人間にはある。ちょっとしたテーマで、まとめる。これが豆本の流儀だ。さきほどの「こつう豆本」はこれまで一二〇点以上出ている。『露店の古本屋』

『明治の貸本屋』『藩校の蔵書』『夢二抄』『文学・東京散歩』『漱石本雑話』『仕事部屋』『昭森社本』『翻訳者の反省』『仏語仏文の人々』など、書名も多彩。作家、エッセイスト、外国文学者など、いろんな人たちが書く。滋味のある文章が並ぶ。

豆本は値段が高くないので、著者も、よろこぶ。「こんな本が出ましてね」と、お世話になった人や、日ごろつきあいのある人たちにも贈ることができる。豆本は原則として市販はしていない。めずらしいものだから、もらったほうもよろこぶ。それに、時間がたつと、貴重なので、もらった人は、たいせつにする。

豆本は、軽い。普通は四〇グラム程度だ。いつでも携帯できる。ポケットに入る。本がふえて書棚におさまらないいまのような時代に、豆本は見直されていいと思う。本がみんな豆本だったら、どんなに部屋がひろくなるだろう。

豆本は小さいので、そっと手にとって、開いて、そっと読む。ありがたみがある。本というものが、とてもだいじなものである、という気持ちになる。あらためてそう感じる。

それと、小さいので、さっさっさっさとは頁をめくれない。いくらか手先が器用じゃないと、うまくめくれない感じがする。豆本を開いて、読んでいくと、手先に注意が集まるので、本というより、自分の手を感じてしまうのだ。自分の体を感じるのである。いいことだと思う。

本は、心ともつながるが、体とつながることもだいじ。文章のもつ芯が、読む人の体にひびいてくるからだ。

びっくり箱

「狭き門」「贋金つかい」の文豪アンドレ・ジイド（一八六九―一九五一）が亡くなって一〇年後、批評家ボワデーフルは書いた。ジイドは忘れられた、「煉獄にはいった」と。

没後一〇年で、母国フランスで、ジイドはこんなことを、いわれてしまったのだ。直後（一九五八）からはじまるヌーヴェル・ヴァーグ、ヌーヴォー・ロマンという新芸術の蔭に、ジイドは消えた。いまジイドを読む人は少ない（はず）。いっぽうでチェーホフ、ドストエフスキー、カフカ、プルースト、ジョイスなどは死後ますます評価を高める。

忘れられることにも、残ることにも理由があるだろう。日本を例に、そのあたりを見つめてみたい。どうして消えるのか、忘れられるのか。

①生前文壇で勢力をもちすぎ、没後急速に敬遠される。↓佐藤春夫、横光利一（ただし近年は再評価のきざし）など。

②その生き方や文学がいまひとつ明確ではなかった、あるいは徹底しなかった↓有島武郎など。ちなみに佐藤春夫はここにも、はいるかも。

③国民的人気を誇ったが、芝居・映画化でイメージが固定。↓山本有三、舟橋聖一、火野葦平、尾崎士郎、壺井栄、石川達三など。映画

を見れば済むので、読者はその人の文章を読まなくなるのである。特に映画は文学にとって危険なものだ。

④社会の変化に合わなくなった。→宮本百合子、平林たい子、野間宏、高橋和巳など。荒俣宏の『プロレタリア文学はものすごい』（平凡社新書・二〇〇〇）を読むと、小林多喜二や平林たい子は、あるいは岩藤雪夫などはこれから読まれるべき人なのかとも思う。

⑤国際的な作家として名声をかちえたあと、筆がゆるんだ→安部公房。

⑥「時代」を次々に突き抜けるほどの、強い個性や魅力がなかった。

この⑥のケースがいちばん一般的であるように思う。次に来る「同種・同傾向の作家」の文学世界に「吸収」されて印象を弱めていくのだ。

西欧風の青春文学で一世を風靡した堀辰雄は、戦後日本の「新風俗」を下敷きにした石坂洋次郎の作品世界に「のまれて」しまう。ところが石坂洋次郎も、石原慎太郎、五木寛之などにそのあとのまれてしまう。

時代小説では、山岡荘八、吉川英治、大佛次郎がより繊細な「大衆性」をひめた山本周五郎にのまれて消えていく。

サラリーマン小説では源氏鶏太がいっとき永遠の生命をもつかと思われたが、新しいサラリーマン像を描く山口瞳に、さらに山口瞳は人生哲学的なひろがりをもつ城山三郎に、とってかわられる。歴史物の井上靖の人気もいまは、いっそう明確で柔軟性のある歴史観をもつ司馬遼太郎に、あるいは「文章」をもつ、吉村昭に吸収されるようす。

知的な青年の苦悩を描く、椎名麟三、田宮虎彦などは、高橋和巳、倉橋由美子と交替した。その彼らは「軽い時代」の到来により、一九八〇年代には村上春樹に完全に吸収される。知的なものにすがりついて悩む青年そのものが滅亡したのだから仕方がない。いまの世の中は「おとな」ばかり。知的な青年どころか、青年そのものが存在しないのかも。


女性作家の変動もはげしい。岡本かの子、円地文子、中里恒子、有吉佐和子らは「よりはっきりした」ことばをもつ宇野千代に吸収される。与謝野晶子、林芙美子らはまだ強烈な個性を訴え「健在」である。

教養が高すぎて、引き継ぐ人がいなくなった幸田露伴（露伴に責任はない！）、きまじめに大作を書き続けたが、話題にするとき、とっかかりがない大家（島崎藤村、徳田秋声など）も、忘れられたわけではないが、読む人はひところよりへった。

いっぽう残る作家はどうか。漱石、鷗外は別格とすると太宰治、三島由紀夫だろうか。二人のパーソナリティーは強烈。評価温度が変わらないのは二葉亭四迷、国木田独歩、芥川龍之介、梶井基次郎など。彼らは他の人にはないものをもっているということなのだろう。とわに。いつまでも。

消えた人がふたたび、よみがえることはあるのだろうか。

ひとつのジャンルそのものが生き返ることがある。寺田寅彦は昭和のはじめ、「一国の『文化』が高まり、個人の教養が深くなるにつれて、文学は随筆の形式をとるようになる、あるいはもっと精確にいえば、随筆が文学のあるかなり重要な領域を占めるようになる」と述べた（『中谷宇吉郎集』第一巻「文化史上の寺田寅彦先生」）。その予言はみごとに当たった。「個人の教養」が深くなったためかどうかはともかく（その反対だろうが）、現代はごらんのように「エッセイの時代」になった。寺田寅彦、内田百閒、幸田文らの文章の「復活」は印象的である。

個人では、木山捷平が近年復活した。亡くなって三〇年近くたったところで、その文学は静かに身を起こしたのだ。講談社文芸文庫の作品集も八冊になった（二〇〇一年現在）。生前は「私小説」の人とみられたが、三島由紀夫は（「私小説」とはまったく反対側の人なのに）、木山という作家はちょっとちがうのではないかなと、当時微妙な発言をしている。三島は木山に何かを感じたのだ。残る人は、残る人を知る人なのか。

もうひとりは、さきごろ未知谷から全三巻の全集が出た「第三の新人」の一人、結城信一であろう。ひとりで茶房にあらわれ「濃くて、熱い珈琲」をしずかに味わう場面が、その小説には多い。主観に徹した純乎たる文学世界は一年に一人、二年に五人というように少しずつ読者の数を加えた。まだいる。北ボルネオを描く『河の民』（中公文庫）などで知られる里村欣三（大空社から全一二巻の著作集が出た）。没後七〇年、初の全集が企画された大正期の文士藤澤清造（四二歳の冬、芝公園内で凍死しているのが発見された）。長編「根津権現裏」

（一九二二）を当時の批評家たちはこぞって讃えたが、あまりに深刻な内容なので、褒めた人たちも、この長編を読み通していないといわれた。文学全集の片隅にもはいらなかった作家が、突然、全集だからおどろく。「びっくり箱」だ。本人もびっくりだろう。これが文学のおもしろさ、楽しさなのだ。消えた人にも夢がある。

どれにしよう

プルーストは、一編の巨大な長編小説（「失われた時を求めて」）を書きあげた。

いっぽうで、何作もの長編を書いて文名を高めた人がいる。

中村真一郎は、終戦直後に「死の影の下に」（講談社文芸文庫）「シオンの娘等」「愛神と死神と」「魂の夜の中を」「長い旅の終り」（以上長編五部作）を完成。彼はそのあとも「四季」「夏」「秋」「冬」の四部作を書きあげた。終生、長編小説を書くことにこだわった人だ。

茅盾《ぼうじゅん》は魯迅につぐ中国の文豪のひとりだが、「腐蝕」「子夜」「霜葉は二月の花に似て紅なり」（いずれも岩波文庫）などの長編で知られる、典型的な長編作家。現在、中国には茅盾の名を冠した、長編小説の文学賞がある。

ヨーロッパは長編小説（ロマン）の本家だけにシャーロット・ブロンテをはじめ、長編作家でいっぱい。

こうした作家たちの作品世界を知るには、長編を読むしかないのだから、やっかい。ひとつだけ読むとしたら、どれを読むか。判断はむずかしい。こんなときは事前調査が必要だ。本の解説や、文学事典を読んであたりをつけるのもひとつの方法。

たとえば武田泰淳には「森と湖のまつり」「快楽《けらく》」「富士」と、長編大作が三つある。

「森と湖のまつり」は題名からしておもしろそうだが、武田泰淳は構想雄大だが未完成な印象を残す作品も多いといわれる人。この「森と湖のまつり」はもしかしたらそれかもと思い、ぼくはためらう。

「快楽」は、お寺の息子に生まれた青年が、宗教や人生への懐疑をつづる自伝大作。自分のことだから、のびのびと自由きままに書きすぎて、作品としては退屈なのではなかろうかと、ぼくは「予想」する。

「富士」（中公文庫）は富士山麓が舞台。「終章まで首尾一貫した緊張を持続した最後の傑作」（埴谷雄高評）らしい。少し肩がこりそう。

というわけで、これにしよう、あれにしようと、何日もかけて考えることになる。時間がかかる。

そんなくらいなら、読んだほうが早いようにも思うが、一つの長編を実際に読むとしたら、一カ月はかかる。事前に吟味を重ねたほうが、負担は少ないのである。

シャーロット・ブロンテは、どうするか。

「ジェイン・エア」（岩波文庫）は孤児の少女ジェインの波乱の人生。伯母にいじめられ、カーテンと窓の間に入って本を読むジェイン……。書き出しをのぞくと、おもしろそうだ。これはいける、とぼくは思った。ある日、その作品の舞台であるヨークシャーの荒野に行ったという後輩に聞いたら「たしかに、おもしろいです。でもあの小説、荒川さんには合わないと思いますよ」。ぼくは、考えてしまう。

「教授」は、若き日の作者が思慕したエジェ教授の思い出。「抑制がききすぎ、平板な物語」だと解説にあるので、これも外すことに。

「シャーリー」は、二人のヒロインの恋愛と、産業革命後の暴動を描く社会小説。この作品の執筆中に弟ブランウェルと、エミリー（「嵐が丘」の作者）アン（「アグネス・グレイ」の作者）の二人の妹を亡くしたショックもあって、作者は精神のバランスを崩し後半はメロドラマに傾斜したと文学事典にある。うーん、これも遠慮したほうがいいかな。

あらー、読むものがなくなってしまった。こまった。でも、これも読書のうち。読書は本を読む前からはじまるのだ。旅行の楽しさが、準備をするときに、はじまるように。

長編作家の長編は、未完成な印象を与えることが多いが、本来、ほんとうの小説を書くことはとてもむずかしいことなのだ。そのことをこうした長編は身をもって示してくれているのである。だからそこに通常の小説にはない魅力があるのだろう。

鮮やかな家

〈赤座は年じゅう裸で磧《かわら》で暮らした。人夫頭である関係から冬でも川場に出張っていて、小屋掛けの中で秩父の山が見えなくなるまで仕事をした。〉

室生犀星の名作「あにいもうと」（昭和九年）は、ここからはじまる。（集英社『日本文学全集33室生犀星集』より引用、ルビの一部を省く）。秩父の山をのぞむ多摩川畔で、七杯の舟をもち、何人もの人夫をつかって川仕事をする赤座と、その一家の話だ。

川仕事とは、どんなものか。

蛇籠《じゃかご》（竹や鉄線で円筒形に編んだカゴに、石をつめたもの）をつかって、岸や川底を固めて、水の流れを変えるのだ。「小屋掛け」とあるから、仕事がある間は何日も川のそばにいつづけるものらしい（いまでも護岸や水流制御の作業はあるけれど、川に住み込むようにして暮らしをたてる人たちが、昔はいたのだろう）。

七つのときから磧で育った赤座は、二〇歳のころに一本立ちした。「川」一筋に生きる彼はきびしい。人夫たちの仕事ぶりにも目を光らせる。

〈人夫だちは川底の仕事ですらごまかしが利かずに、赤座の眼《が》ンの中で水をくぐり呼吸を吐きに浮び、また水の中にもぐっていった。若葉の季節は水の底もそのように新しい若鮎やはぜや、石まで蒼む快いしゅんであったから、赤座はかんしゃくを起すと自分も飛びこんでいって、人夫のからだを小づいたり頭を一つひっぱたいたりして瀬すじを絶つ工事に一番かんじんな底畳みに大きな石を沈ませるのであった。水の中ですら赤座の嗄声《しわがれごえ》が歇《や》まずにどなり散らされた。〉

こんなきびしい上司はごめんだなと思うところだが、だいじょうぶ。赤座の妻、りきがいたからだ。彼女は「物わかりのよい柔和な女」で、「あんな人だからあんな人と思うてつき合ってくだされ、いくらそとから言ったってだめだから」と、人夫たちに声をかける。りきが「勘定日」（給料日）に、せんべいや芋の包みをもって現われると、人夫たちは「みんな手を振って迎えた」。

それでも赤座家には、笑顔がなかった。子供たちにモンダイがあったからだ。

〈赤座はりきが勘定をすましてかえろうとすると、

——いいもんちは帰ってきたか。

と、感情をあらわさないで、なんでもないことをそういうように聞いた。

——かえってこないんです。

——伊之助は仕事に出たか。

——あれきりふて寝しているの。

——もう用はないよ。

赤座はそうりきにいうと、持場についた人夫だちのほうに向いて歩

きだした。〉

長男の伊之（伊之助）は石屋で働くが、なまけもののうえにあっちこっちで女とのごたごたがあり、金をもつと、二三日家をあけたりする。たまに家にいるときは、何に疲れたのか、「からだに穴の開くほど」眠る。

妹のもん（愛称、もんち）は、寺に奉公したものの、学生とできて、妊娠する。死産したが、それからも次から次に男をつくり、ときおり家に帰ると、「顔が真青になるまで」寝ている。兄も妹も、寝ているのだから、しまりのない話だ。母親のりきは、不出来な子供たちを叱りながらも、食事をつくる。伊之は、そんな母親の姿を見ながら、りきが働きづめで倒れはしないかと心配したりするし、もんも「お金の心配だけはさせないわ」と口では殊勝なことをいうが、荒れた生活をあらためるようすはない。

そこへ、ある日、もんをはらませたまま国に帰っていた学生小畑がひょっこり現われる。娘をめちゃめちゃにした青年の登場に、赤座はあわてる。兄の伊之は小畑を激しく責めた。平手でぶちのめし土手の上に蹴飛ばす。かわいい妹をこんな目にあわせやがって！　と。

それをあとから聞いた妹は、兄につかみかかる。たしかにあたしは「淫売同様の、飲んだくれの堕落女だ」「このままでは嫁には行けないバクレン者だ」（バクレンとは迫力のあることばだ）、だが弱みがあって抵抗できない人を「半殺し」にするとは卑怯だ、「もんに恥をかかせやがった、畜生、極道野郎！」と、もんは叫ぶ、泣きわめく。それを見た母親は、「女だてらに何という口の利きようをするのか」と、たしなめるが、そんなものでは、もんの怒りはおさまらない。

ここから「あに」と「いもうと」は、白熱する。

〈——まだ撲《ぶ》たれ足りないのか、じごくめ。

——もっと撲ちやがれ、女一疋が手前なんぞの拳骨《げんこつ》でどう気持が変ると思うのは大間違いだ、そんなことあ昔のことさ、泥鰌《どじょう》くさい田舎をうろついているお前なんぞにあたしが何をしているか分るものか。〉

家がぶち壊れるような応酬である。「りきはもんのたんかの切りようが凄じいのでもんがどういう外の生活をしているかが、想像すると末恐ろしい気がした」とあるのも、うなずける。

だが読者は、そのあと少し平静をとりもどした家のなかで、ふともらす、もんの次のことばに、胸を打たれるのではなかろうか。

〈……あたしこれでも母さんの顔が見たくなってくるのよ、悪いことをしてもよいことをしてもやはり変に来たくなるわ、あんな、いやな兄さんだってちょっと顔が見たくなることがあるんですものと、もんはそれを本統《ほんとう》の気持から言った。〉

小説はこのあと「あに」と「いもうと」のやりとりを知らぬまま、いつもの川仕事をつづける父親の姿を、水の激しい流れを、うつしだして終わる……。

この「あにいもうと」は激しい。そして鮮やかだ。ここまで家族を裸にしてみせた小説はまれだろう。家族の世界を組み立てるひとりひとりの気持ちが、しっかり抱きとられ、読む人の皮膚にくいこむような鋭い線で描かれる。日本文学屈指の強烈な傑作である。

そのうえで、「あにいもうと」は、回転の物語であると思った。「あんな人と思うてつき合ってくだされ」「お金の心配だけはさせないわ」「お前のように仕事もしないで朝から父さんの米さ食べて」「だからおれは家から女を放すことは危ないと言ったのだ」など庶民なら誰もがこの場面ではこう言うであろうと思われることばが随所に飛び出す。徹頭徹尾、庶民の世界なのだ。

だが彼らはだいじなところで自分を「回転」させる。姿を見せたのだ、悪い人間ではないと、小畑にやさしいことばをかける、りきの思い。伊之にぶたれながらも伊之に好感をもつ小畑の思い。そして先ほど引いた、最後のもんの、やわらかなことば。

型通りの感情と、ひとりひとりが型を離れて自分の力でつくりあげる思いとがふれあい、まざりあうことで、人間の気持ちのありさまがもれなく示されることになるのだ。そこにこの小説のちからがあるように思う。

騒がしい一家が、静まる一瞬もある。実は赤座家に、もうひとり家族がいた。奉公に出ている、下の妹、さんだ。彼女はおとなしい子なので、何の問題もない。「さんの話が出るとみんな黙ってさんのことを考えていた」。

指の部屋

国木田独歩「疲労」は、死の前年に書かれた短編のひとつ。作者はまだ三七歳だが「疲労」のせいか、文章に肉がない。これはどういう話なのか。骨も筋も見えない。

東京・京橋の旅館。時は、午後二時。大森（旅館の主人）と、客の田浦が、いる。お清という一七、八の宿の娘から、中西という男の名刺が渡される。以下、新字新仮名で。

二人の男は「中西が来た」ことにちょっとおどろく。さてどうしたものか。こちらから中西のところへ行こうか。それとも中西をこちらに呼ぼうかと「考えて居る」。中西と、二人の間には何かあるらしい。また、彼らを包むようにして、他にも人がいる。中西が来たのだから、「大将」に会っておくほうがいい、などとある。

まもなく大森と田浦は、人力車で別方向へ勢いよく飛び出すが、大森は、午後四時半頃に戻って来て、「大の字になって暫《しばら》く天井を見つめて居た」。そこへ江上という人から電話があり、大森は跳ね起きる。電話のあと、また部屋へ。

「室《へや》にかえると又もごろりと横になって眼を閉じて居たが、ふと右の手を挙げて指で数を読んで何か考えて居るようであった」

このあたりで小説は終わる。まるで「計画書」を読む気分だ。そっけない。

彼らの活動や日常をのぞかせることばはある。「あの先生怜悧《りこう》で居て馬鹿だから余りこっちが騒ぐと」「見本の説明の順序を」「なるほどそいつはなお大切だ」「例の一件を何とか決めて貰《もら》わないと僕は非常に困ると言って呉れ給え」など。でも断片だけだから、なんのことか読者にはわからない。「真実《ほんと》に私《あたし》くやしいわ、皆《みん》なして揶揄《からか》うんだもの」のような女性のことばも見えるから、事態はさほどさしせまってはいないようだ。それだけに人は「疲れ」を感じるのかも。

電話、電報、手紙を持たせる（手紙を人に託す）、人力車など、当時の通信、往来のようすもわかる。また出入りが多く、その頃の家は（電話などがあると、ひとしお）活発に振動した。行く道、帰る道にも揺れが、動きがあった。きぜわしい。

でも彼らは時代のためではない。世間に合わせるのではない。自分たちの「考え」でそうしているのだ。そこには、普通の日常のなかでさえ人間として何かの「使命」を果たそうとする人の気圧が感じとれる。

「疲労」もたまるが、あくまで自分がこしらえる毎日だから、自由があり、自分に戻る時間もある。その折りには、不思議な静けさが漂う。「ふと右の手を挙げて指で数を読んで」いるところなど、愛らしいではないか。いとしいとさえ思う。

独歩は、疲れたら疲れたままに何かをつかむ人であった。明治四〇年の作。

一つ二つ

いまのテレビの番組、とりわけ多くの人が見る時間帯に放送されるものは、視聴率だけを考えた、貧相なものばかりのように思う。かといってニュースとかドキュメンタリーしか見ない、というのも、へんである。ドラマやバラエティーとはちがって、そこには事実（それがどのような事実かは別として）があるが、実際に起きたことだけがいのでは、さみしい話。人間にあるのは事実だけで、その他には、なにもしていないことになる。

ではテレビドラマはどうかというと、これまたさっぱりいいものがない。山田太一の「男たちの旅路」「シャツの店」、向田邦子や久世光彦もの、のあとぼくはテレビドラマから離れてしまった。少しは熱心に見たものもあるが、ほとんど興味をなくした。毎週楽しみに見るドラマはなくなった。それで、一〇年くらいたった。このままぼくはずっとこうしていくのだろうと思った。年をとるから新しいものにだんだん合わなくなるし。

この一月（二〇〇三年）、「僕の生きる道」（火曜夜フジテレビ・制作は関西テレビと共同テレビ・三月一八日までの全一一回）の第一回を見た。三〇前の高校教師中村秀雄（草彅剛）に、余命一年の宣告。死と向きあって生きる彼を、同僚の教師秋本みどり（矢田亜希子）が支える。「死」がまんなかに置かれた、深刻な話なのに、明るさと安らぎがある。画面の光がきれい。音楽も歌もことばも、のこる。出る人たちも、みんないい。テレビを見ている感じがしない。いまこの時代を生きる人の心にふれるものがあるのだ。ていねいにつくられたドラマだ。脚本は橋部敦子、演出は星護、佐藤祐市、三宅喜重。音楽は本間勇輔。主題歌はＳＭＡＰ「世界に一つだけの花」。

テレビの世界は花形だから、そこにはきっと、いい才能をもつ人たちがいるはずなのだが、そういう人たちはおさえられているのかもしれない。でも少しずつそういう人たちがいい仕事をはじめたのかもしれない。こういうものはいまもこれからも少ないだろう。だが一つでもいい。いまのテレビのなかで生まれることはうれしいことだ。人目につかないところで、いい仕事をする（たとえば活字の世界）ことは必要だ。だがテレビはもっとたいせつだ。テレビはみんなが見る。見ることのできるところなのだ。そこで心をうるおすものをつくることはとてもたいせつなことだ。みんなが見るところでへんなものをつくることは、なにより悪いことだ。多数の人生を、ごそっと粗末にするのだから。死よりも暗いものにしてしまうのだから。

ぼくは、テレビドラマを見ることにした。目を閉じていたぼくを、あらためたいと思った。

そういう気持ちになると、またいいことがあるものだ。水曜の夜に「最後の弁護人」（阿部寛主演・日本テレビ）を見つけたのだ。このドラマも別の意味で好きになった。これも毎週見ている。一つから二つになった。

話しながら

スタインベックの「ハツカネズミと人間」をはじめて読んだ。以下引用は大浦暁生訳・新潮文庫より。

題は、スコットランドの国民的詩人ロバート・バーンズの詩の一節「ハツカネズミと人間の　このうえもなき企ても／やがてのちには狂いゆき／あとに残るはただ単に　悲しみそして苦しみで／約束のよろこび　消えはてぬ」にちなむものというが、「ハツカネズミと人間」はその詩が示すように、悲しい人の思いを描くものだった。

カリフォルニアの農場を転々とする男、二人。ジョージはなかなか抜け目のない男で、体は小さい。いっぽうのレニーは、体は大きく力もあるが知恵が足りず、何をするのものろのろ。レニーを子供のときに引き取ったクララおばさんが死んでからというもの、ジョージがレニーの世話をしてきた。ジョージもレニーなしでは生きていけない。

大きな子供みたいなレニーは、あちらこちらの農場でへまをして、なにもかもぶっこわしてしまう。あーあ、おまえがいなかったら、おれも気楽に生きていけるのにと、ジョージは嘆く。でもそれでいて、レニーを見放すことはないジョージなのだ。彼らは仲良しの子供どうしのように、くっついている。

レニーはいつもハツカネズミを握っている。すべすべして、ちいちゃくて、かわいい動物に目がない。それにさわっているのが好き。いきがい。

〈「歩きながら、指でかわいがってやれるんだよ」

「じゃ、おれと歩くときは、ネズミなんかかわいがるな。おめえ、いまどこへ行くところか覚えてるか？」

レニーはびっくりした顔をして、困ったように顔をひざの上に伏せた。「また忘れちまった」〉

なんでも忘れてしまうレニー。こまった顔のジョージ。そんな二人のようすが、小説の前半をうめつくす。ほのぼのとした彼らの関係を、いくつかの場面を通してたしかめたぼくは、この件はもう十分だとも思えてきた。このまま漫才のような対話をずっと続けていくのだろうか。でもこの小説は少しずつ何ものかになっていくのだった。それはこんなところからはじまったようにぼくには思えた。

仲間のひとりが、いうのだ。おまえさんたち二人はほんとうに働くつもりで、この農場へ来たんだなと。からかい半分に来たやつらは、土曜の昼過ぎに来て、働いたあとごはんを食べて、日曜の三食もたいらげ、月曜は朝めしを食べて、仕事もせずに逃げてしまう。でも、「おまえさんたちは金曜の昼に仕事に来た」。それでわかる、と。

そうなのだ。ジョージとレニーの二人には、夢があるのだ。まじめに働いて、お金をため、小さな土地を手に入れ、その土地でいちばんおいしいものを食べ、ウサギを飼って暮らすという、とほうもない夢なのだ。ジョージは、自分たちが、他の仲間たちとはちがうんだ、ということをレニーにいいきかせているうちに、そのことばは定まり、まるでひとつの歌のようになってしまった。レニーは自分たちの話を何遍でも聞いてみたいらしく、ジョージよ、「おらたちのこと、話してくれ」と、せがむ。

〈「おめえ、どうして自分で話さねえんだ？　何から何まで知ってるじゃねえか」

「だめだめ……おめえが話してくれ。おらが話すと同じにならねえ。続けろや……ジョージ」〉

ジョージは何度でもその話をする。「おらたち」は、ほかのやつらとはちがうんだ、小さな土地をもち、土地でとれるいちばんいいものを食べて、すてきな暮らしをする、そして……と。それを聞くレニーはうれしそう。同じ話なのに（そのたびに少しだけちがうけれど）、何度聞いてもうれしい。「おらたちの話」は、うれしいのだ。そこには夢があるから。いつもの二人の夢だから。

レニーはハツカネズミや子犬を指でかわいがるのだが、ちょっと噛まれたりすると、いじめようというつもりはないのに力が入り、それら小さな生き物を手の中で殺してしまうくせがある。ある日、若い人妻と話している最中に、同じような手続きで（？）彼女が死んでしまい、夫カーリーらはレニーをつかまえて殺すことに決める。レニーの身の危険を知ったジョージは、いちはやくレニーのもとにやってきて……。

小説は、ここで、悲しい結末を迎えることになる。

レニーは川のそばの空き地にいた。ひとりで自分のしたことを考えていた。ジョージが現われると、いつものように、あの話をしてくれ、「おらたちの話」をしてくれと、ねだる。ジョージは、身をかたくしながらも、いつものように話しはじめる。

〈「おれたちみてえなやつらは、家族もねえ、小金《こがね》をかせいじゃ、きれいさっぱり使ってしまう。どなりつけて気にかけてくれる仲間さえ、この世の中にだれひとりいねえ――」

「だけど、おらたちゃそんなじゃねえ」レニーがしあわせそうに叫ぶ。「さあ、おらたちのこと、話してくれ」

ジョージはしばらく黙ってから、「だけど、おれたちはそんなじゃねえ」

「だって――」

「だって、おれにはおめえがついてるし――」

「おらにはおめえがついている。おらたちゃ、そうさ、たがいに話しあい世話をしあう友だちどうしなのさ」レニーは勝ち誇ったような叫びをあげた。〉

こうして普段どおり二人は最後のひとときを過ごす。彼らはいっしょ。こんなときになっても、いっしょだ。そしてレニーは、自分で気づかないうちに死んでいく。レニーを愛する、ジョージの手によって。二人の夢のような、楽しい話のなかにいまも浮かびながら。手にとらえられた、小さな生き物がしぼむように……。

この場面は、苦しい。読むに苦しいものとして、ぼくを一晩も二晩もとらえた。数日過ぎたいまもそれは変わらない。ぼくはどうしたらよいのだろう。そう思ってもみたされないほどに、この傑作は心のなかを吹き荒れた。

この作品には特徴がある。作者は「ジョージはしばらく黙ってから」「レニーは真剣な目で相手を見た」「ジョージは言葉を切った」「ふたたび言葉を切る」といった会話のつなぎめを示すことばに細心の注意を払う。話のなかみより、その話がどのような順序で人の口から出て、相手の心におさまるか、ひろわれるかを、作者がとてもだいじに考えていることがわかる。

人間の話を書くものとして、人間のことばを思うものとして、心が尽くされているのだ。それがこの作者の、人間の悲しみに対する抵抗の、たたかいのあとだと思われる。

農場の片隅で孤独な生活を送る、黒人クルックスは述べる。「一人の男が別の男に話をしていて、相手が聞いていまいが理解していまいが違いはねえ」「どんな話でもかまわねえ。ただ話をしているだけで、相手といっしょにいるだけでいい」、それだけあれば十分なのだと、クルックスは話し相手のないみずからのさびしさをにじませて語る。

レニーといつも話をすることができたジョージは、孤独ではなかった。レニーは死んだが、話しながら死んだのだ。それを悲しいだけのことだとみることはできない。

二人はいまも話していることだろう。「おらたちの話」を。

今日の一冊

今日は、どんな本をもって出ようか。ぼくはその一冊で思い悩むのである。

たとえば新訳が出たモームの『人間の絆』にしようか。それともフォンターネの大作『シュテヒリン湖』か。田宮虎彦の歴史小説『鷺』か。解説の仕事が迫っているから徳田秋声の長編か。でもこれはかさばるし、重い。となって、とっかえひっかえ。出発の時間が迫り頭はパニック、乱れるばかり。出かけるときはいつもこんなふうに悩む。

もって出た本を、電車のなかで読むときもあるが、読まずに、触れもせずに、もちかえることもある。これはいったい何だろう。

本を入れたときのカバンのふくらみと、重み。それを感じとっているひとときが楽しいのだ。でもこれはこのエッセイを、エッセイらしくするための、ぼくのことばに過ぎない。ほんとうのところはまだわかっていない。昔、山へ入る人が、腰にぶらさげた弁当みたいなものかもしれないと思う。でも少しちがうようだ。手をつけないときもあるのだから。

ぼくはこのとき、とても混乱しているのだと思う。限られた時間のなかで、何を選ぶか、必死に考えているからだ。一日のなかでもっとももものを考える瞬間なのかもしれない。だから本が決まったときは、気持ちよい。よく考えた、と思う。大きな仕事をしたような気分だ。

数日間の旅行に出たのに、考える時間が足りなかったのか、考えが足りなかったのか。カバンのなかに入れてきた本が、いまひとつ力の弱いものだったときは、がっかり。こんな本ではとてももたないと思い、悲嘆にくれる。

旅行中に一冊も読むものがないときは、駅に無料で置いてあるパンフレットの類にすがるしかない。ひととおり読み、眠くなる。また起きて、二度も三度も読む。○○地方の新春のイベントとか、新特急のダイヤ、お得な□□切符の利点などに、詳しくなる。それを知って、さほど得することはないが、そうとでも思わなくては光が足りない気分である。

これで終わるのかと思っても、まだ時間があるので、また読むと、思わぬところに思わぬことが書かれていて目がさめることもある。一枚の紙も、一冊の本なのだ。

それでもまだ時間がある。

あとがき

この三年ほどの期間に発表したエッセイから、七四編を選んだ。読書にまつわるものが、中心だが、それ以外のものでも、つながりがあると思えるものは収めた。一部、題を改めた。表記は統一せず、原則として初出時のままとした。

第Ⅰ章の一編「忘れられる過去」は、近松秋江の小説について書いたものだ。書きあげたところで、「忘れられる過去」ということばが浮かんだ。このことばには、不完全な印象がある。「忘れることができる過去」と、「忘れ去られてしまう過去」の、二つの意味になる。

でも人には、どちらの側にも、思い出があるものである。

『夜のある町で』の弟か妹みたいな本にしましょうという、みすず書房の尾方邦雄さんのことばから、この本は生まれた。ひとりっこのぼくは過去に、きょうだいを見たことがない。妹もいいけれど、弟もいいなと思う。どちらであってもうれしい。

二〇〇三年六月

荒川洋治

文庫版のあとがき

『忘れられる過去』を朝日文庫に、というお話が届いた。朝日新聞出版の水野朝子さんからのおたよりだった。単行本の発行所、みすず書房からも出版の快諾をいただいた。それぞれの出版社のみなさんに感謝したい。

この本は、ぼくの本としては異例の回数で版を重ねたので、個人的に忘れがたい一冊である。文庫になることで新たな読者と出会えるかもしれない。楽しみだ。

ときどきぼくは、この本のなかをのぞく。それからあとに出した本の、土台となることが書かれているので、どう書いたかをたしかめるためだ。「そうなのか」と、思ったりする。初めて見る印象なのだ。八年半の歳月を感じる。

文庫になるに際し、数字などの誤りをただし、若干字句をあらためた。あとは、もとのままである。過去のままである。

二〇一一年一一月

荒川洋治

初出一覧

I

たしか　「諸君！」二〇〇二年一二月号
会っていた　「朝日新聞」二〇〇三年五月一一日
道　「朝日新聞」二〇〇三年五月四日
本を見る　「朝日新聞」二〇〇三年四月二七日
畑のことば　「お達者で」二〇〇一年一〇月号

初出一覧

芥川龍之介の外出　「モルゲン」二〇〇一年七・八月号

社会勉強　「諸君!」二〇〇一年六月号

色　「諸君!」二〇〇三年七月号

秩父　「TBS 新・調査情報」二〇〇二年五・六月号

読書のようす　「モルゲン」二〇〇三年四月号

一族　「朝日新聞」二〇〇一年六月二七日

「文芸部」の時代　「モルゲン」二〇〇一年一〇月号

青年の解説　「モルゲン」二〇〇二年一〇月号

ひとりの文学　『セザンヌの山・空の細道』講談社文芸文庫/解説・二〇〇二年一一月

遠い名作　「モルゲン」二〇〇一年五月号
吐月峰　「諸君！」二〇〇二年八月号
遊ぶ　「諸君！」二〇〇一年八月号
忘れられる過去　「一冊の本」二〇〇二年一二月号
家を出ることば　「一冊の本」二〇〇二年五月号
清涼　「諸君！」二〇〇二年七月号
ぼくのたばこ　『喫煙室』日本たばこ広報部・二〇〇一年

三月

コーヒーか干柿　「一冊の本」二〇〇二年一〇月号
郵便　「諸君！」二〇〇二年三月号
クリームドーナツ　「朝日新聞」二〇〇一年六月六日

途中　「諸君！」二〇〇一年四月号

Ⅱ

おとなのことば　「モルゲン」二〇〇三年一月号

すきまのある家　「TBS新・調査情報」二〇〇一年九・一〇月号

池　「TBS新・調査情報」二〇〇一年七・八月号

鉄の幸福　「モルゲン」二〇〇三年三月号

メール　「諸君！」二〇〇一年七月号

「恋人」たちの世界　「産経新聞」二〇〇三年二月二日
作家論　「諸君！」二〇〇二年一一月号
短編と短篇　「諸君！」二〇〇二年四月号
『島村利正全集』を読む　「図書新聞」二〇〇一年一二月一五日号
生きるために　「波」二〇〇二年二月号
まね　「ＴＢＳ 新・調査情報」二〇〇二年三・四月号
何もない文学散歩　「読売新聞」二〇〇一年八月一五日
注解　「諸君！」二〇〇二年九月号
踊子の骨拾い　「諸君！」二〇〇二年一月号
朝の三人　「モルゲン」二〇〇二年四月号

初出一覧

ことばの孤独　「産経新聞」二〇〇二年八月四日

読めない作家　「諸君！」二〇〇二年二月号

小さな黄色い車　「週刊朝日」二〇〇三年一月一七日号

文学は実学である　「産経新聞」二〇〇二年九月一日

歴史の文章　「オブラ」二〇〇一年七月号

落葉　「朝日新聞」二〇〇二年一月一三日

詩集の時間　「新潮」二〇〇二年四月号

場所の歳月　「新潮」二〇〇一年七月号

長い読書　「群像」二〇〇二年七月号

きょう・あした・きのう　「モルゲン」二〇〇二年一二月号

Ⅲ

暗い世界	「諸君！」二〇〇三年四月号
ひとり遊び	「モルゲン」二〇〇三年六月号
他の人のことなのに	「モルゲン」二〇〇三年五月号
どこにいる	「諸君！」二〇〇三年二月号
見えない母	「週刊朝日」二〇〇二年一一月二二日号
なに大丈夫よ	「諸君！」二〇〇一年九月号
きっといいことがある	「嗜好」五五八号・二〇〇一年三月
文学の名前	「モルゲン」二〇〇三年二月号
空を飛ぶ人たち	「一冊の本」二〇〇三年一月号

初出一覧

お祝い	「TBS 新・調査情報」二〇〇一年五・六月号
太郎と花子	『決定版三島由紀夫全集・第一〇巻』新潮社／月報・二〇〇一年九月
「詩人」の人	『保田與重郎文庫・第二八巻』新学社／解説・二〇〇二年七月
朱色の島	「モルゲン」二〇〇二年三月号
生きてゆこう	「諸君！」二〇〇二年五月号
価格	「諸君！」二〇〇一年一一月号
詩を恐れる時代	「現代詩手帖」二〇〇一年三月号
手で読む本	「福邦メディア」一四号・二〇〇三年一月

びっくり箱
どれにしよう
鮮やかな家
指の部屋
一つ二つ
話しながら
今日の一冊

「銀座百点」五五七号・二〇〇一年四月
「モルゲン」二〇〇二年五月号
「一冊の本」二〇〇二年八月号
「星座」一号・二〇〇一年一月
「諸君!」二〇〇三年五月号
「一冊の本」二〇〇二年六月号
「TBS 新・調査情報」二〇〇二年一・二月号

解説

川上弘美

荒川洋治さんのこの本を読んで、わたしはこう思いました。

「もっと、ていねいに、生きよう」

ていねい、ということについて、説明させてください。

世の中には、いろいろな「ていねい」があります。ていねいに洗濯ものをたたむ。ていねいにパソコンの使いかたを説明する。ていねいに人に接する。ていねいにあくをすくう。

ていねいは、たいがい自分の外のことに対する態度です。洗濯ものも、機械も、よその人も、スープのあくも、全部わたしたちの外にあるものです。

荒川さんのこの本にある「ていねい」は、少し違います。ここにある「ていねい」は、とっても自分の内に向いている。

「芥川龍之介の外出」を読んで、わたしはびっくりしてしまいました。荒川さんは、芥川龍之介全集の年譜をもとに、人の家を訪ねた芥川が、その家の主にどのくらいの率で会えたかを、ていねいに調べてゆくのです。

五日、午後、菊池寛と一緒に中戸川吉二を訪ねる。○

六日、夕方、久米正雄とともに菊池寛、小島政二郎、岡栄一郎を訪

ねたが、皆不在。（三軒不在だから）×××

こんなふうにして、芥川が訪ねた相手に会えた確率は六〇パーセント以下ということを、荒川さんは導きだします。

すごい！　と思いました。実は、わたしも荒川さんと同じように、「電話がなかった時代、みんなしょっちゅう友人の家を訪ねあっていたのだなあ。でも、連絡せずに行くのだから、きっと行き違いになったことも多かったろうなあ」と思ったことは、あるのです。でも、実際にどのくらい、どんなふうに文学者たちが訪ねあっていたかを年譜で調べるなどということは、思いもつきませんでした。

「道」という文章では、荒川さんは室生犀星の作品「医王山」に心打たれます。そして、いつか石川県にある医王山に行ってみたいものだと、地図を見るようになります。そこまでは、わかります。わたしだって「いつか『赤毛のアン』の舞台になった、カナダの島に行ってみたいものだ」と思って、「地球の歩き方・カナダ東部」を買いました。二〇〇九年の時点で、その島の人口が約十四万人だということも、知りました。

でも、荒川さんは、地図を見るだけでは終わりません。一回見ただけではなく、荒川さんは毎日繰り返し、地図を見るのです。医王山のふもとのあたりを見、隣の県である富山も見、その結果「ふもとに詳しくなった」「石川だけではなく富山も、輝いてきた」と書くのです。

ふもとに詳しくなった。

この言葉を読んで、わたしはふるえました。医王山に、まだ荒川さんは行っていません。いつか行くかもしれない、結局は行かないのかもしれない。どっちかわからないけれど、その前にじいっと毎日、地図を見つめる、そして、ふもとに詳しくなってしまうのです。

このような「ていねい」を、わたしはめったに見たことがありませんでした。自分に誠実である、という言いかたがありますが、それとも違うのです。荒川さんは、べつに、自分の欲求をかなえることに関して「ていねい」なのではありません。そのへんは、きっと、どっちでもいいのです。

そうではなく、「いったい自分は、ほんとうのところ、何を見ているのだろう、何を感じているのだろう」ということを、じいっとごまかさずに、荒川さんは観察し、観察し、観察するのです。まるでそれは、植物の生育日記を書くような、ていねいさです。そして最後に「ほんとうのところ」がわかると、荒川さんはとっても満足するのです。きっと、それだけで、じゅうぶんに。

ていねいに生きることは、じつは、とっても難しいことです。自分の内側をじいっと観察するのは、けっこう手間がかかるのです。「まいいや」と思って、誰かが言いだしたやりかたをまねっこしたり、まねはしなくとも、適当にうっちゃって忘れたふりをしたりしてしまうことが、わたしにもよくあります。

でも、それは、ほんとうはつまらないことです。だめだ、という教条的なものではなく、なんというか、美意識のように、「つまらないよ」と、荒川さんは教えてくれるのです。
「文学は実学である」の中で、荒川さんは書いています。

この世をふかく、ゆたかに生きたい。そんな望みをもつ人になりかわって、才覚に恵まれた人が鮮やかな文や鋭いことばを駆使して、ほんとうの現実を開示してみせる。それが文学のはたらきである。……文学を「虚」学とみるところに、大きなあやまりがある。科学、医学、経済学、法律学など、これまで実学と思われていたものが、実学として「あやしげな」ものになっていること、人間をくるわせるものになってきたことを思えば、文学の立場は見えてくるはずだ。

ここで荒川さんが書いていることは、そのまま荒川さんの文章にあてはまることです。地図をただじっと眺める。年譜をていねいに読む。小説を全部読み通す。あるいは、いつか読みたいと思って、ただ横に置いておく。そして、いつか、読む。この本に書いてあるそれらのことが、そのまま、実学になっているのです。いったい何の役にたつのだろうと、一瞬は思ってしまうことだけれど、実際にそのことをしてみれば、いかに自分がていねいに自分の内側を見てこなかったかがわかるし、それゆえ、よりふかく、ゆたかに生きる可能性がまだまだたくさんあることも、わかってくるのです。

（かわかみ　ひろみ／作家）

本書は二〇〇三年、第20回講談社エッセイ賞を受賞した。

本書は、株式会社朝日新聞出版のご厚意により、朝日文庫『忘れられる過去』を底本としました。但し、頁数の都合により、上巻・下巻の二分冊といたしました。

荒川洋治（あらかわ ようじ）

1949年福井県生まれ。早稲田大学第一文学部卒業。1976年、『水駅』で第26回Ｈ氏賞を受賞し、詩壇に登場。1996年より肩書を「現代詩作家」とする。『渡世』（1997）で第28回高見順賞、『空中の茱萸』（1999）で第51回読売文学賞、『心理』（2005）で第13回萩原朔太郎賞を受賞。エッセイ・評論も多く、『忘れられる過去』（2003）で第20回講談社エッセイ賞、『文芸時評という感想』（2005）で第５回小林秀雄賞を受賞。著書に、『夜のある町で』『日記をつける』『詩とことば』『文学は実学である』など多数。2019年、恩賜賞・日本芸術院賞を受賞。

忘れられる過去　下

（大活字本シリーズ）

2022年11月20日発行（限定部数700部）

底　本　朝日文庫『忘れられる過去』

定　価　（本体 2,900円＋税）

著　者　荒川　洋治

発行者　並木　則康

発行所　社会福祉法人 埼玉福祉会

埼玉県新座市堀ノ内 3—7—31　〒352—0023

電話　048—481—2181

振替　00160—3—24404

印刷製本所　社会福祉法人 埼玉福祉会 印刷事業部

ISBN 978-4-86596-553-7